DU MÊME AUTEUR

LA VILLE, Éditions Arléa, 1996.

L'Arpenteur

Collection dirigée
par Gérard Bourgadier

Dominique Barbéris

L'HEURE EXQUISE

GALLIMARD

À mes parents.

I

1

Le changement fut à peine perceptible ; il ne toucha que ceux qui étaient attentifs, ceux qui au fond du cœur l'appréhendaient, les personnes un peu trop sensibles. Ce changement avait trait à la lumière, peut-être à peine plus soutenue, à peine plus consistante, orientée plus nettement *vers le bas.*

Dans cette orientation, le soleil éclaira violemment les morceaux de viande rouge, de formes et d'épaisseurs variées, disposés sur des coupelles blanches.

— J'aime pas le foie, dit la petite fille.

— C'est pourtant ce que je vais acheter. Le foie, c'est sain, dit madame Saint-Ollier. Il faut en manger de temps en temps. Tu dois apprendre à manger de tout. S'il te plaît. Ne fais pas de caprices. Pas *ici.*

Le dernier mot fut prononcé avec l'intensité qui précède les interventions énergiques.

— De tout, mais pas du foie, objecta pourtant la petite fille ; le foie, ça me dégoûte.

— Tais-toi ! J'en ai assez de tes *caprices*. Plus qu'assez !

Dans le silence poli de la boucherie, la voix de madame Saint-Ollier s'éleva beaucoup plus qu'il n'était nécessaire.

— *Chut !* voulut dire la petite fille, consternée par ce manque de compréhension, de délicatesse. Mais le mal était fait.

— C'est pourtant bon, le foie ! firent observer plusieurs clientes.

C'était toujours pareil. Au bord des larmes, la petite fille lâcha la main de sa mère. Elle fut une enfant sans famille, fille de rois inconnus élevée par une marâtre avec qui elle n'avait aucun lien ; elle fut une misérable Cucendron soumise à des sévices inouïs. Dans le silence de son cœur ulcéré, elle appela sa mère royale, sa vraie mère.

Personne ne vint.

Elle se mit à considérer la poignée de la porte. Ses lèvres se serrèrent l'une contre l'autre et firent une moue. Ses pieds se tournèrent vers l'intérieur, son ventre s'arrondit. Elle eut la position de certaines statuettes de Degas qui montrent des danseuses aux poses de canards disgracieux, boudeuses, le derrière remonté. Voici exactement de quoi eut l'air ce vilain petit canard, cette *petite capricieuse*, ce cygne futur, mais encore méconnu.

La cambrure de son dos ressortit fortement. Certains défauts qui venaient de l'hérédité et qui plus tard, probablement, s'accentueraient, devinrent manifestes. Elle serra sa poupée Barbie qu'elle tenait comme on tient les poupées Barbie, commodément, par les cheveux.

— Tiens-toi donc droite ! dit sa mère.

— Du foie avec des petits oignons, simplement revenu dans du beurre ; moi, je le prépare comme ça, dit une dame. Je le fais toujours revenir. Et, précisa aimablement cette dame, bien revenu avec des petits oignons, légèrement persillé, le foie, c'est délicieux. Mais c'est vrai qu'avec cette chaleur...

— La terre a soif, soupira la bouchère, il ne faudrait pas que ça dure.

La plupart des clientes en convinrent.

On oublia le foie et on pensa à la chaleur.

C'était une chaleur violente, de plein été. Elle frappait la terre dès les premières heures de la matinée. À une heure, quand les commerces baissaient leurs rideaux, les ombres étaient minces, étroites comme des couteaux. Les lames chauffées à blanc des murs auraient pu aveugler Michel Strogoff. Cette lumière évoquait toutes sortes de violences atroces, des tortures lentes, les moucharabiehs des harems, la poix bouillante jetée sur les guerriers, les hommes changés en statues de sel. Cette lumière évoquait l'attente. Les mouches, dans les coins des maisons, faisaient le petit bruit ordinaire et discontinu qui rappelle à l'esprit engourdi la présence des choses muettes ; une poussière d'herbe, extrêmement dense, tournait dans les rais de soleil. Les volets rabattus ne laissaient filtrer, à l'intérieur, que des lames aiguës et dorées qui détaillaient silencieusement les tiroirs à moulures des épais meubles de province.

Les hortensias séchés de la grand-rue avaient perdu leur bleu-violet. La couleur en était passée comme celle des vieilles robes.

⋆

Et précisément, dans le roman que lisait Claire Lansiot, bien installée dans son relax — car il n'y avait rien à faire par ce temps que de lire, on se sentait tout ramolli —, précisément dans *Passion écossaise,* l'héroïne, la charmante Rowena Mulberry, portait une robe bleu pâle, toute simple, mais très seyante. Et les yeux clairs du professeur Stevens se posaient fréquemment sur la robe de Rowena, semblait-il. Claire Lansiot *voyait venir* quelque chose... (Mais entre ce qui existe et ce qu'on souhaiterait...)

Elle ferma les yeux un instant, reprit une vague conscience du monde. Des coups venaient du garage où plusieurs voitures étaient en réparation, le capot ouvert. Une tondeuse ronronnait dans le jardin des Hubert (probablement le gendre). Quand la tondeuse s'arrêtait, le silence lourd et reposant avait une odeur d'herbe, de foin coupé, qui donnait soif ou rendait triste (on n'arrivait pas à distinguer les deux sensations).

Le bourg était vide. On aurait dit les rues mortes de la conquête de l'Ouest, les villages abandonnés par les chercheurs d'or. Mais, au fur et à mesure que passaient les heures, un peu de vie reparaissait ; quelques volets étaient entrebâillés pour faire rentrer la bonne odeur d'herbe dans les maisons. Les hortensias séchés de la grand-rue allongeaient doucement leurs ombres, jusqu'à frôler la rigole du garage Maucroix et fils. La moitié maintenant de la grand-rue était sombre. (Deux enfants étaient accroupis sur la partie à l'ombre du trottoir ; on ne voyait pas ce qu'ils faisaient.)

Quand l'ombre couvrirait entièrement la rue, ce serait fini.

— Déjà, dit Claire, en soupirant.

Le soir arrivait.

2

Malgré l'excellente tenue du magasin, une mouche, écartée vivement de la main, se posa sur le papier rose vif sur lequel une élégante calligraphie penchée précisait : *Monsieur et madame Morineau ; Boucherie, plats cuisinés, viande de qualité supérieure.*

— Ces pauvres hortensias ! dit la bouchère ; ça fait pitié ! tout est si sec ! Un peu de pluie ne ferait pas de mal !

Voyant que personne ne répondait, elle craignit d'être allée trop loin (les clientes avaient des enfants en vacances. Les jours de pluie, elles ne savaient pas quoi en faire).

Il y eut un petit silence évasif et tendu.

Pour calmer sa nervosité, la bouchère lissa le papier d'emballage rose sur lequel figurait l'inscription : *Monsieur et madame Morineau* ; *Boucherie, plats cuisinés, viande de qualité supérieure.*

Elle se sentit loin des personnes qui remplissaient le magasin avec un panier à la main, un porte-monnaie sorti, et un air d'attente vague.

Le repas du soir approchait, et c'était presque un soulagement pour la plupart de ces personnes, au terme d'une journée de vacances qui s'était étirée en longueur. (À la fin de si longues journées, on se sent nerveux. On a besoin d'un but ; on a besoin de repères ; on a besoin de sécurité et, bien sûr, *là était l'erreur* : on a besoin d'espoir. Tout le monde a besoin d'espoir. L'espoir, c'est la base du commerce.)

— Ça viendra assez vite, allez ! dit-elle, pendant que son mari, ayant terminé de servir, évaluait le poids d'une tranche sur la balance aux bords chromés.

L'aiguille fléchit brutalement, traversa la largeur du cadran, finit par se stabiliser au centre.

Ce fut comme quand on s'aperçoit de l'heure exacte, un choc léger. Machinalement, les dames regardèrent leur poignet. Déjà sept heures un quart.

— C'est vrai qu'on ne sait jamais ce qu'on veut, continuait la bouchère. Du soleil. De la pluie... On est si difficile. Toute l'année, on attend après la chaleur, et quand elle vient... allez savoir...

C'était bien vrai, approuvèrent les clientes.

Et elles sourirent. On était si gâté ! Au fond, *on était trop heureux.* L'été durait depuis des semaines.

Un morceau de filet était ouvert sur le comptoir, fendu en deux comme une longue betterave tendre.

Le boucher essuya ses mains sur son ventre.

Par discrétion, pendant que la bouchère additionnait les chiffres, les clientes, se tournant ostensiblement, regardèrent, dehors, le soir tomber. Le ciel nu conservait sa clarté. Il n'y avait aucun risque de pluie, pas un nuage à l'horizon. C'était à peine si le soleil avait décru. Il s'était seulement *déplacé*; il se situait plus bas, juste au-dessus des arbres. Il avait perdu, on le sentait, un peu de son rayonnement, mais il tenait encore, il luttait. Probablement ce n'est facile pour aucune chose de l'univers, de *disparaître*.

— Trois tranches de foie de veau, précisa Patricia Saint-Ollier quand ce fut son tour.

Il n'y eut cette fois aucune réaction.

La petite fille regardait l'affiche au-dessus du comptoir. Elle montrait des bœufs du Charolais photographiés dans des prairies vertes. On pouvait observer les mêmes à quelques centaines de mètres de là, en sortant du village, passé le pont et l'école communale. Les bêtes avaient des langues énormes, épaisses, qui supportaient la rugosité de la paille. Elles mâchaient toute la journée et ne semblaient s'intéresser à rien de spécial. Mais elles avaient tout de même, comme la plupart des mères du monde, une tendresse pour leurs petits. Elles restaient couchées avec eux, mufle à mufle, spécialement à ce moment où la chaleur s'adoucissait, vers le soir, et à ce moment où elles gardaient les yeux fermés et les mufles penchés vers l'herbe, inconscientes de leur tragique avenir, elles montraient l'obtuse spiritualité du bœuf surveillant l'Enfant dans la crèche.

Mais dans la boucherie nouvellement modernisée, toute allusion à l'abattage était effacée. De petites roses de plastique décoratives, ingénieusement fixées aux étiquettes, étaient plantées dans le foie et dans le rôti. Les pièces sombres pendues aux crochets ne suscitaient le souvenir d'aucune forme reconnaissable.

3

Un peu partout, comme la chaleur commençait à baisser, des jets d'eau tournoyaient par-dessus les haies des jardins. Ils mettaient des aigrettes, des éclats de lumière très gaie dans ce vaste et rayonnant paysage. Certains, lentement, pivotaient sur eux-mêmes comme de grandes fleurs. D'autres se renversaient, balayant les pelouses en forme de plumeaux ou d'éventails.

Les gens étaient sortis, attirés par ce bruit d'averse. De vieilles dames venaient s'asseoir devant leurs portes sur des pliants à rayures. Des personnes grimpées sur des escabeaux coupaient les repousses des haies au sécateur, les mains gantées de caoutchouc. Des enfants jouaient; ils couraient autour des jardins, traversaient brusquement les rues, par bandes. Ils remplissaient de bruit l'air immobile et tiède. Ils s'amusaient à s'arroser avec les jets, passant à toute vitesse sous les rampes lorsque celles-ci se redressaient, et ils criaient d'excitation.

Il y eut d'ailleurs, juste à ce moment, un cri plus net car un jet d'eau venait de s'abattre. Les femmes qui étaient dans la boucherie l'entendirent, et elles eurent un petit soupir d'impatience et de fierté involontaire.

★

— Tu ne vas pas jouer avec eux? demanda la bouchère.

La petite fille rougit comme chaque fois qu'une grande personne lui parlait. Elle ne répondit pas. Elle était grande pour son âge. Elle avait ce caractère particulier des enfants légèrement trop grands, que leur taille pousse trop vite, comme malgré eux, hors de l'enfance. On voyait qu'elle était calme et soigneuse, probablement timide; elle portait un tee-shirt sur lequel figurait le nom d'une station balnéaire régionale et un short en éponge bleu marine. Une croûte badigeonnée de Mercurochrome séchait sur un de ses genoux.

— Elle est sauvage, expliqua Patricia Saint-Ollier. Elle aime jouer toute seule. Elle s'occupe. Quand il n'y a pas d'école, elle devient même un peu désagréable. Elle fait sans arrêt des caprices.

Le soleil éclaira la bouche largement ouverte de la petite fille.

Depuis quelques minutes, elle ne faisait plus attention. Après les bœufs, elle avait regardé les roses de plastique qu'elle trouvait très jolies; elles étaient à la taille de Barbie, elles auraient pu lui servir de bouquet (Barbie devait ce soir aller au bal). Cela faisait plusieurs fois qu'elle pensait à les demander ou même à les *voler*, mais elle n'osait pas. Elle était bien élevée ; elle avait des principes. Mais il fallait reconnaître que rien n'était à sa portée, que jamais rien ne satisfaisait ses désirs.

— Six ans, précisa Patricia Saint-Ollier. Six ans, du mois de mai.

— Et les vacances ? demanda encore la bouchère, ça se passe bien ? Tu te plais ici ?

Elle avait pris instinctivement la voix spéciale des personnes qui s'adressent aux enfants et qui sentent l'insondable distance qui nous en sépare ; elle avait pris une voix d'actrice, une voix de dame de magasin, qui cherchait à plaire. Et elle eut tort, probablement, car la petite fille avait entendu ce genre de voix le jour où elle s'était perdue sur la plage parce qu'elle n'arrivait plus à retrouver le parasol familial. Toute mouillée, elle avait couru sur le sable. Un homme nu avait fini par lui donner la main ; il était de couleur marron ; il y avait des poils sur ses pieds. La petite fille en pleurant lui avait donné la main sur toute la longueur de la plage ; son nom avait été crié devant tous les baigneurs, devant les enfants inconnus qui tapaient sur leurs seaux pour faire durcir les châteaux de sable, devant les dames allongées. (Or, c'était une petite fille qui ne voulait pas se faire remarquer, qui voulait surtout qu'on la laisse tranquille.)

Bénédicte Saint-Ollier! avait été crié sur toute la longueur de la plage ; *Bénédicte Saint-Ollier attend sa maman au poste de sauvetage !*

Le bruit de son nom résonnait dans sa tête avec angoisse ; tous les parasols se ressemblaient ; l'odeur de cet homme était inconnue et, dans la main de cet homme, sa main à elle semblait pâle comme un tout petit coquillage. Elle avait eu l'impression que jamais plus elle ne retrouverait des personnes normales, blanches, entièrement habillées. C'était peut-être un Noir. On dit que les Noirs mangent les enfants.

Rien qu'à ce souvenir, elle eut envie de pleurer. Sa bouche se plissa. Mais elle répondit poliment :

— Oui madame.

— Ils font la comédie, mais ils le regretteront après, soupira Patricia Saint-Ollier. Ils sont heureux avec toutes ces vacances ! Si on en avait autant qu'eux...

— Ah, reprit la bouchère de cette même voix, qui se chargea d'une perceptible et mondaine mélancolie, c'est beau l'enfance ! Quelle chance de ne pas avoir de soucis !

Ses yeux s'embuèrent de regrets, s'élevèrent au-dessus de la petite fille. Elle se haussa élégamment jusqu'au plan des vérités éternelles, des vérités générales. Elle regarda au-dessus des clientes, et même un peu au-dessus des arbres, dans les zones claires et légèrement dorées du ciel.

— Mais ça ne peut pas durer, dit-elle. C'est comme toute chose.

Pour rendre la monnaie, la bouchère attendit que son mari eût posé les tranches dans le papier rose doublé du feuillet de plastique qui empêche le sang de couler. Puis, l'ayant soigneusement replié, elle le tendit :

— Merci, dirent les femmes. Quand même ! Quelle belle soirée ! Pourvu que ça dure ! ça au moins !

Elles rirent. Et elles sortirent, tenant précautionneusement leur papier mou et rose.

Le papier était frais, beaucoup plus froid que l'air. La viande sortait du réfrigérateur et le contact n'était pas agréable. Par contraste, la chaleur du dehors semblait pénible à supporter. La vapeur des jets d'eau montait de partout ; lorsque les rampes avaient certaines inclinaisons, une douche de petites gouttes qui passaient à travers les haies éclaboussait la route.

4

— Bénédicte a beaucoup grandi, fit remarquer la bouchère une fois la porte refermée. Moi, je crois qu'elle ressemblera à sa mère.

Elle chercha l'appui de son mari. Comme beaucoup de personnes évoluées, elle se sentait très mal à l'aise en face des enfants. La manière dont ils vous regardent, droit dans les yeux. Leur sauvagerie. On ne sait jamais s'ils ne sont pas en train de rire intérieurement de votre nez. (Florence Morineau détestait le sien. S'il lui avait été donné de le choisir, elle aurait demandé un petit nez fin et droit. Elle aurait également demandé des yeux plus largement fendus et d'une couleur plus claire (des yeux clairs inspirent la rêverie). Elle se regarda dans la petite glace rectangulaire pendue à la paroi. Ses yeux étaient toujours pareils.

Côté hommes, elle aurait également demandé un mari différent, plus communicatif, mieux adapté à sa délicatesse, plutôt dans le genre de Cary Grant, si on voit ce qu'elle voulait dire. C'était trop tard. Elle pinça finement les lèvres. Ses yeux lancèrent une œillade fine en direction de l'ombre d'homme qui aurait pu la comprendre.

De toute façon, se dit-elle, il n'y a rien à faire. Les enfants vous croient toujours vieux, toujours beaucoup trop vieux !

Elle pensa à son fils, Ludovic. Il changeait. Maintenant, il n'avait d'intérêt que pour les filles et pour les mobylettes.

Le boucher ne fit aucun commentaire. Probablement indifférent à Bénédicte Saint-Ollier, il disposait les différents couteaux sur le socle de bois prévu à cet effet.

— On est mieux ici que dehors, tenta une nouvelle fois, vainement, la bouchère.

Puis le silence se fit dans le magasin éclairé d'un oblique soleil. En remuant, les feuillages du dehors assombrirent la paroi de verre, y projetèrent des formes.

Le sourire de la bouchère s'effaça. Elle avait terminé de jouer son rôle : bouchère et mère, bouchère et femme, au service de ceux qui avaient faim, qu'elle nourrissait. Son visage se remit en place, simplement. Elle ajusta les plis de son tablier blanc. Elle attendit. Il lui sembla qu'elle ne pourrait pas supporter de voir l'ombre s'accroître, fût-ce de quelques centimètres.

Pourtant, les ombres de l'auvent et celles des marronniers de la place augmentèrent, s'accrurent légèrement, elles envahirent encore un peu plus l'espace nu et clair ; elles tournèrent un peu, aussi, d'une manière presque insensible.

Celles d'un groupe de clientes qui restaient à parler devant le magasin se défirent brusquement par terre, comme un puzzle qu'on éparpille.

La voix de madame Saint-Ollier dominait :

— Je suis pressée, disait-elle. Je me dépêche. C'est fou, même en vacances on n'a jamais le temps de rien faire.

Les voix passaient très au-dessus de la tête de la petite fille. Elles firent du bruit à la manière des feuilles. C'est rassurant, le bruit des voix. Sous leur moustiquaire protectrice, la petite fille s'assit sur la marche. Elle fit mine d'écouter. Elle offrit avec bonne volonté aux adultes son enveloppe vide de petite fille d'une mère pressée. Elle respira l'air doux qui sentait la fleur chaude, le goudron ramolli, le foin sec ; elle eut soif. Elle ressentait encore un peu d'humiliation. C'est délicat, une petite fille ; ça se froisse d'un rien. Il arrive que des mots en l'air produisent des impressions indélébiles. Elle constata que les hortensias avaient perdu beaucoup de leur couleur violette.

Le ciel imperceptiblement doré prit une grande importance au-dessus du paysage. Il fit sentir son prix. C'était de lui — on le sentait — que viendraient d'essentielles transformations. Il fallait s'y soumettre ; il fallait les attendre.

*

Venue de l'arrière-cuisine, une voix radiophonique prévoyait pour le lendemain une chaleur équivalente. Cette chaleur, disait la voix, approcherait des trente degrés, ce qui était beaucoup dans cette région de l'ouest, toujours plus ou moins rafraîchie par le vent de la mer.

Mais qui pouvait s'en plaindre ?

C'était l'été. Il y avait une grande légèreté, presque pas de nouvelles à la télévision. On aurait dit que rien n'arriverait plus, que la vie pesait moins, qu'elle se réduisait, sans événements, presque sans souffle, à son essence. Les beaux jours se suffisent. On dirait qu'on y sent la corde fine et nue de l'existence.

À quelques kilomètres de là, sur les côtes, les gens rentraient des plages, reposés, brûlés, ne pensant à rien. Dans les centres commerciaux des petites stations, ils mangeaient des glaces, en traînant, les jambes encore toutes blanches de sable. Gorgés de mer, ils regardaient des cartes postales qui montraient des couchers de soleil idylliques. Bronzées par le soleil, dans leurs tenues légères, beaucoup de femmes avaient embelli.

Après le bulletin météo, la radio diffusa le *slow* de l'été. C'était comme l'année précédente une chanson lente, épaisse comme une sauce qui prend, qui semblait calquée sur la pulsation assourdie du cœur. Dans les boîtes de nuit, cet été-là, les boîtes de nuit de cette région de l'ouest, et partout dans le monde, partout où on dansait, dans les bals de mariages, dans les bals populaires, des gens tournaient sur cette musique, en se serrant l'un contre l'autre, presque sur place.

La bouchère écouta le *slow* dans une parfaite immobilité. Au début, le battement de son cœur ne coïncida pas avec les coups de la batterie. Peu à peu, cette légère arythmie se régularisa ; les rythmes s'accordèrent. La chanson se mêla aux confuses vérités générales ; elle eut l'air d'ajouter à leur sens. Rêveusement, la bouchère se laissa aller ; elle dansa avec Cary Grant.

5

On entendit le même *slow* dans plusieurs jardins de la commune. On ne comprenait pas les paroles — sans doute anglaises — mais, au fond, on n'a jamais eu besoin de paroles pour danser.

Les vieilles dames assises sur leurs pliants arrivaient à cette conclusion. Par ce beau soir, si clair, elles se sentaient pleines d'indulgence pour cette chanson moderne ; elles se sentaient même compréhensives à l'égard de l'évolution des mentalités. Elles se sentaient l'esprit très large.

C'était vrai qu'aujourd'hui les mouvements des danses s'étaient simplifiés au point parfois de faire penser aux danses des ours ou même des singes — excusez la comparaison. (Elles n'avaient jamais vu de singes danser mais c'était bien ainsi qu'elles les imaginaient, si répugnants avec leurs airs humains, leurs derrières roses.) Dans le domaine des danses, les temps modernes avaient bien régressé. Elles l'avaient dit et elles le rediraient. Arrive un âge où il faut dire franchement ce qu'on pense. Et il faut le faire vite avant de perdre la possibilité d'avoir *une quelconque opinion,* avant d'être couché, immobile et muet pour toujours, quantité nulle, dans la terre froide. Or, voici exactement ce qu'elles pensaient : plus les pas de danse se simplifiaient, plus l'espèce ressortait dans sa bestialité ; les hommes tenaient les femmes *de trop près* et il y avait beaucoup à redire du point de vue de la simple décence.

Mais au fond, dans le fin fond, l'amour n'a-t-il pas *toujours été indécent* ? Quand on est soi-même concerné, on ne voit rien de la même façon. Question d'âge, question de faiblesse. (L'extrême douceur du soir faisait pencher pour l'indulgence ; le parfum d'herbe qui montait à la tête causait même comme une volupté ; c'était comme s'il avait été la litière chaude de l'ancien être. Et cet être oublié, cet être enveloppé remuait doucement dans sa gangue. Elles en sentaient en elles la vibration.) Elles mollissaient.

On est si faible !

Chez les Anglais, ça ne doit pas être mieux qu'ici. Pas pire non plus, d'ailleurs. C'est toujours l'homme, l'homme et la femme, malheureusement !

Plutôt que de critiquer, mieux valait s'en tenir aux apports concrets de l'époque.

Ces chaises pliantes qui permettaient de s'asseoir dehors apportaient beaucoup de bien-être ; au fond, malgré les danses, elles n'osaient pas imaginer leur vie au siècle précédent, même trente ans en arrière. Elles s'étaient habituées au confort *si nécessaire quand on vieillit.*

Devant elles, mécaniquement, la roue lente de l'eau montait et redescendait. La pression devait être forte. Les plantes recevaient l'eau de plein fouet. Il fallait reconnaître qu'on faisait aujourd'hui de nouvelles variétés beaucoup plus résistantes. On leur donnait des noms d'hommes et de femmes, peut-être un jour le nom de ce chanteur anglais qui semblait si célèbre, l'homme du *slo.*

On n'entendait que lui.

6

La porte de séparation du couloir et du magasin claqua de l'intérieur avec violence. Elle interrompit le slow langoureux de Florence Morineau et de Cary Grant.

— Maman, je vais faire un tour ! claironna Ludovic.

Il allait avoir dix-sept ans et il avait déjà une ombre de moustache. Depuis six mois, malheureusement, il cultivait une discutable ressemblance avec le chanteur d'un groupe rock dont le poster était affiché dans sa chambre.

Chaque fois qu'elle allumait la lumière et rentrait dans la chambre de ce qui *tout de même* était son fils, Florence Morineau avait devant elle cet homme équipé de cuir, au teint blafard, aux cheveux orange, qui chantait en anglais et qui avait eu plusieurs fois des affaires avec la police. Elle ignorait son nom, mais de tout son cœur de mère elle le détestait.

Car Ludovic Morineau avait désormais *lui aussi* les cheveux orange. Sa coiffure lissée par un gel prenait la forme d'une crête de coq. Depuis six mois, les cheveux semblaient lui pousser droit sur le crâne, comme du blé frais coupé, comme l'aigrette des casques homériques. Aussi, chaque fois qu'elle entrait dans la chambre, sa mère soupirait, du ton plaintif qui depuis quelque temps lui était devenu naturel :

— Ludovic, tu devrais tout de même... cette affiche... Ce n'est pas spécialement décoratif. Un homme si laid !

La bouchère une nouvelle fois soupira. Autour d'elle, il n'y avait que de la viande crue avec son odeur si particulière. Son fils aurait dû être sa consolation dans l'existence. Mais il ne ressemblait absolument pas à ce qu'elle avait rêvé quand elle le promenait dans son landau. La boucherie avait alors peu d'extension et souffrait moins de la concurrence (on enveloppait la viande dans un papier gris ; elle revit l'agencement du magasin, l'ancien comptoir en formica). À cette époque, déjà lointaine, en ces temps de jeunesse et d'espérance,

Ludovic Morineau présentait le crâne rond et proéminent des bébés. Comme la plupart des jeunes mères, Florence Morineau fondait sur la légère disproportion de la tête, son volume imposant par rapport au reste du corps, des espoirs inconsidérés. Elle n'en revenait pas que cette chose tout armée, prête à vivre, ce véritable nourrisson, lui soit sortie du ventre. Elle maniait la tête avec un grand soin, tant elle redoutait de l'abîmer, de gâter sa contenance. Elle attendait avec une extrême émotion d'entendre le rot du bébé lové contre elle ; elle lui montrait les formes des feuilles, lui faisait respirer les roses pour éveiller sa sensibilité, elle lui désignait de son doigt les oreilles si drôles des lapins dans leur cage. Elle espérait de tout son cœur que Ludovic ne verrait pas le lapin réel, cette bête de clapier malodorante et féconde, mais la peluche drôle et bavarde des films de Walt Disney.

Elle aurait souhaité que Ludovic ne voie du monde que la beauté. Elle prévoyait pour lui un avenir ministériel, une existence intellectuelle et distinguée, loin de la campagne.

À l'époque où il avait devant lui cet avenir ministériel, l'odeur de Ludovic Morineau était celle du lait et du talc, de toutes sortes de matières primordiales, douces et blanches. Il avait des doigts minuscules aux ongles très bien dessinés, des ongles grands comme des écailles de rouget, ce qui attendrissait toujours sa mère ; il avait un sourire charmant sur lequel se formaient parfois de petites bulles d'oisiveté délicieuse, de petites bulles infiniment mélancoliques. Par moments — on s'aperçut par la suite que c'était chaque fois qu'il soulageait certains besoins — Ludovic Morineau, très concentré, pouvait même apparaître *pensif*. Ses yeux bleuâtres, encore vagues, dans sa face de Bouddha bien nourri semblaient réverbérer une sagesse venue du fond des âges.

— ... Faire un tour en moto.

— Comme tu veux, Ludovic, soupira la bouchère. Ne rentre pas trop tard. Je ne veux pas attendre pour le dîner. Neuf heures ; dernière limite. Je te rappelle qu'on approche de la demie.

Et comme elle pensait à la mèche, elle tenta une fois de plus :

— Tu ne voudrais pas essayer ? Pour cette mèche, Ludovic ! L'aplatir un petit peu ; rien que l'aplatir.

Mais c'était inutile.

7

Un chat sauta d'un appui de fenêtre et déplaça un pot. Il se coula entre les tiges d'un buisson d'hortensias ; on eut l'impression qu'il tenait quelque chose de souple, de vivant dans sa gueule ; peut-être un mulot. Rien qu'un instant, on eut le sentiment de la barbare sauvagerie de la nature.

Le chat, mordant sa charge souple, disparut.

Le battant de la porte couvrit entièrement d'ombre le museau de Lola, le setter irlandais du garage. Trop fatiguée, Lola ne leva même pas la paupière. C'était une longue bête nonchalante, snob et rousse, indifférente à tout, sauf aux lapins, qu'elle détestait.

★

Ludovic sortit sur la place et fit tinter le grelot de la porte en signe d'exaspération. Des ondes de chaleur paraissaient monter du goudron. Il resta là un bref instant, à bout de patience : c'était tout de même malheureux de compter parmi les arriérés, les exclus du progrès et pour tout dire les *ploucs*, sa propre mère. Pourquoi faut-il avoir une mère? Pourquoi l'homme ne naîtrait-il pas directement, comme certains l'imaginent, dans les choux, libre et individualisé, dans un vêtement commode?

Quelle déveine d'être né dans ce trou! Tous les soirs se ressemblaient : le vide et le silence et l'odeur obsédante de la terre arrosée. Et, se disait Ludovic Morineau, qui pensait aux lapins et aux vaches, *absolument rien de moderne. Aucune machine perfectionnée*; pas le moindre sens du progrès. La discothèque du coin était toujours en retard d'au moins trois hit-parades.

Au contraire, l'animalité la plus nue, la plus intemporelle, la plus vulgaire! Indifférentes à la pudeur, obstinément tournées vers la rivière, les vaches lâchaient leurs bouses tout droit sous le nez des hommes, couvraient les prés de leurs déjections. Car il ne fallait pas se voiler la face. C'était ça, la campagne, c'était ça la nature!

Partir !!! se dit Ludovic Morineau comme le poète. Et comme souvent ceux du poète, ses rêves prirent la direction de la mer, celle d'un certain bar, le Mambo, dont la terrasse donnait sur le rivage ; on y servait des cocktails à rêver ; la musique des juke-boxes éteignait l'éternel bruit de succion des vagues. Les filles portaient des pantalons serrés, des bodies de dentelle, des talons hauts.

En agitant ces pensées sombres, il croisa la petite fille, qui s'était assise un instant sur la marche pour bouder plus à l'aise et attacher le corsage de sa poupée (mais comme il avait les cheveux orange, la petite fille ne leva pas les yeux ; elle avait peur de lui ; elle pensait que c'était un *rocker* — ou un *extra-terrestre*). Elle regarda par terre et fit mine d'être très occupée. On ne sait jamais. Elle avait peur que les rockers se jettent sur elle (les rockers, pour cette petite fille, étaient l'équivalent des chiens et des voleurs, des choses à éviter).

Aussi, la bouche toujours serrée, les yeux réduits à une mince fente, la petite fille serra ses jambes jusqu'à ce que ses sandales en plastique transparent fussent rapprochées. Ses pieds, l'un contre l'autre, dans leurs sandales toutes neuves eurent l'air de deux objets ; ils lui appartenaient ; elle en était très fière ; elle pouvait au moins les commander. Quand Ludovic fut à sa hauteur, elle se concentrait sur l'état de la croûte qui lui décorait le genou ; elle présentait la forme d'une rosace étoilée d'un grain de rubis d'une consistance intermédiaire (ça ne saigne plus du tout ; ça va bientôt guérir, dit la petite fille à sa poupée). Et comme le garçon s'éloignait, et qu'elle ne voyait plus que le dos de son blouson de cuir, elle saisit une poignée de gravier, la fit couler entre ses jambes, et articula à voix haute, par défi :

— Il est amoureux de Claire Maucroix. Amoureux. Je les ai vus tous les deux au tennis. C'est un *rocker.* Ce sont deux imbéciles.

Mais il n'y avait pas une minute à perdre : il fallait préparer Barbie pour le bal. En effet, tous les soirs, en robe de tulle rose, le chignon relevé par une longue épingle à nourrice, dame Barbie se rendait au bal.

Cette frénésie de bals suscitait la perplexité familiale. Souvent les grandes personnes suggéraient des occupations différentes, plus variées, tenant mieux compte des réalités de la vie : il n'y a pas que le bal, disait-on à cette petite fille ; la poupée pourrait faire bien des choses *tout aussi distrayantes,* le marché, la cuisine, aller au cinéma, aller voir ses amies ; ça la changerait ! Toujours le bal, ça doit finir par être monotone !

Les gens ne comprennent rien à rien. Les gens sont... Mais c'était impossible à dire... La petite fille haussa les épaules comme chaque fois qu'elle se heurtait à l'insondable bêtise familiale. Elle fit tourner Barbie, la coucha sur le ventre, remonta la bretelle de sa robe en tulle synthétique et, pour finir, serra contre son cœur la jolie tête caoutchoutée d'actrice américaine d'où sortait un nylon doré qui rappelait la chevelure d'Yseut.

Loviou, chantonna vaguement la petite fille : elle avait entendu le mot dans des chansons. Il lui plaisait par ses sonorités exquises, vaguement créoles. Puis elle plaça les jambes articulées de la poupée perpendiculairement à son torse ; elle l'assit sur la marche. Et elle se mit à réfléchir.

8

Dans *Passion écossaise*, page 106, Rowena Mulberry elle aussi réfléchissait, assise devant un *mug* de thé bien chaud à la cafétéria de l'hôpital. Il faisait gris dehors, ce qui dispose à la mélancolie, et Rowena se sentait taraudée par cette grave question :

— Est-ce que j'aimerais le professeur Stevens ?

Dans un sens c'était ridicule, mais toute femme dans sa vie ne se pose-t-elle pas sans arrêt cette question à propos de toutes sortes d'hommes ? Et n'est-ce pas, dès lors qu'une femme veut être honnête avec elle-même, une forme d'obligation, un devoir moral ?

Claire Lansiot comprenait la situation avec toute sa délicatesse. Elle sentit pour l'héroïne une immense sympathie. Le professeur Stevens lui aurait beaucoup plu à elle aussi avec ses cheveux argentés, sa Jaguar, l'extrême autorité qui émanait de sa personne. Elle aussi, elle l'aurait aimé *sans aucun espoir*. C'était exactement le genre d'homme qu'elle préférait; elle avait un cœur très classique, un cœur très féminin, de fonctionnement usuel, toujours prêt à aimer n'importe qui (enfin presque n'importe qui : ce genre d'homme, précisément, le genre qui plaît à la plupart). C'était un problème dans la vie, un cœur d'assise aussi instable, aussi fragile (comme on dit un cœur d'artichaut, un cœur en cristal).

Un homme d'ailleurs, un jour, lui avait dit :

— Vous êtes... tu es... trop sensible...

(Est-ce qu'il la tutoyait?) Et elle s'était sentie vraiment comprise pour la première fois de sa vie. (Mais ne pas penser à cet homme. C'était préférable.) Combien de sentiments ainsi, qui avaient existé en pure perte, des sentiments pour rien, un épouvantable gâchis? Car il fallait regarder les choses en face. Il était bien possible qu'on l'eût aimée moins qu'elle n'avait aimé elle-même; il était bien possible que cette balance-là n'eût pas été exacte. Elle touchait un point délicat.

Très émue, soudain, elle aussi, elle tourna une page, entama un nouveau chapitre. (Rowena décidait de maintenir ses relations avec Stevens sur un plan strictement professionnel.)

Elle oublia le soir. Et pourtant le soir allongeait insidieusement l'ombre portée de son relax. L'ombre avait pris une bonne dizaine de centimètres sur la gauche, c'était visible. Par instants, le numen d'invisibles dieux décidait de la chute d'un pétale. Quelquefois, le pétale était arrêté à mi-course. Il se perdait dans l'embarras des feuilles arrosées. Il s'ajoutait dans le secret à l'imposante masse végétale. Ce qu'il devenait alors, personne n'aurait pu le savoir.

Le destin d'un pétale dans le monde, qui s'en soucie ?

9

Le foie, c'est dégoûtant, pensait la petite fille : c'est incroyable qu'une telle chose existe. (Elle avait les mains croisées sous le menton et les coudes solidement arrimés aux genoux. Elle pensait à la consistance molle, à la couleur noire.) De loin, le foie cru peut ressembler au miroir au cassis ; mais c'est un faux espoir. De près, il révèle une substance spongieuse à l'odeur forte que creusent de petites cavités résistantes comme du caoutchouc. Chaque fois qu'on pique le foie d'une fourchette, il en sort de fines bulles de sang (preuve que le foie n'est jamais *cuit*.)

Telles étaient les réflexions de la petite fille ; elles étaient sombres et elles le devinrent encore plus lorsque l'image du foie, son image spongieuse, sanguinolente, avec l'odeur épouvantable, se présenta nettement à son esprit.

Manger ! toujours manger ! se dit la petite fille. Manger le matin ! manger le midi ! manger le soir !

Et elle eut encore plus envie de pleurer car elle était toute seule maintenant, et le soir approchait, c'était indubitable. Des nuages qu'on n'avait pas vus de la journée apparaissaient à la limite du ciel, brochés d'un or pâle et liquide, comme en fusion. L'unité de l'ombre se faisait malgré la multiplicité des formes : celle des maisons avait couvert la rue, on aurait dit par terre un ruisseau sombre. Le dessin noir des hortensias, ayant atteint la base du mur, s'élevait d'un jet continu jusqu'au toit du garage Maucroix et fils (d'où partaient toujours les coups réguliers d'une réparation).

Un pan de noir couvrait Lola. La petite fille la regarda avec une certaine inquiétude, mais Lola ne s'était jamais intéressée aux mollets d'enfant. Son poil luisait avec infiniment de nuances. Bénéficiant du voisinage, elle était nourrie de déchets de première qualité, de couennes fort grasses auxquelles une viande très substantielle pendait en larges filaments.

Et pour arranger le tout, voilà que Barbie avait perdu une de ses petites socques si joliment cambrées, à talons de plastique.

— Viens, dit la petite fille à Barbie ; on va rentrer. C'est l'heure. On va aller au bal.

Elle se leva.

Elle passa sous l'ombre des marronniers, qui débordait maintenant largement de la cour de l'école ; plusieurs chats y étaient assis. Elle passa devant l'église ouverte ; il en sortait une odeur sainte de poussière et de cire refroidie. Les rangées de sièges tournés vers le chœur avaient l'air d'attendre un spectacle, mais le chœur était vide à l'exception d'un bouquet de glaïeuls : le spectacle n'avait lieu que le dimanche. Sur un panneau, des photographies d'enfants noirs aux ventres distendus la regardèrent. C'étaient les frères d'Afrique, qui ne mangeaient pas de foie mais souffraient de malnutrition.

Tenant toujours Barbie par les cheveux, commodément, la petite fille s'éloigna du centre du bourg; elle renifla cette odeur de chausson aux pommes et de flan qui distinguait tout spécialement la boulangerie (en général, le chausson n'était pas entièrement fermé; l'enveloppe de pâte gonflée par la cuisson s'amincissait et ne tenait que par une croûte de caramel aux deux angles. La farce de compote en débordait; elle était très sucrée et très fraîche; on pouvait commencer par la lécher; c'était exquis). En y pensant, la petite fille colla son nez contre la vitre.

La lumière faisait ressortir des traces de doigts et des mouches mortes. Et au fond, en rangée, brillaient de tous leurs feux les bocaux de malabars et de sucettes Chupa Chups.

Quand elle passa le long des champs qui bordaient la rivière, les vaches réelles, couchées dans l'herbe, couleur de dalmatien blanc et noir, mâchaient toujours pensivement, nimbées de la dernière lumière.

— Sales vaches! cria la petite fille. Mangeuses d'herbe!

Pour faire voir qu'elle boudait mais qu'elle était indifférente à l'oppression, elle serra les lèvres, ondula des épaules avec l'air nonchalant de certains personnages de films. Puis elle cueillit une fleur de pissenlit et souffla dessus comme pour son anniversaire.

*

— Elle a encore fait une comédie. Je ne sais pas où elle est. Depuis deux ou trois jours elle est insupportable, dit une voix.

— À mon avis, le temps, répondit une voix d'homme. Cette chaleur !

Ces mots furent dits de la petite fille, dans un jardin, à ce moment. Vérités incomplètes, vérités provisoires ! La petite fille soufflait avec sagesse et même avec application sur les étoiles duveteuses du pissenlit. Les étoiles s'éparpillèrent. Il n'y avait pas de vent. Elles ne retombèrent pas très loin. On eût dit qu'elles dispersaient dans le calme le cœur léger et oublieux de la petite fille, son cœur, dans le fond, obéissant.

Tout ce qu'on dit des hommes est incomplet. Tout ce qu'on en dit est faux. Tout ce qu'on en sait n'a rien à voir avec leur existence, la dureté de leur contour contre le ciel.

Qui aurait pu penser que le cœur de Claire Lansiot, par exemple, alors que sa vie, son visage... ?

Mais, pensait-elle, mieux vaut savoir, même si on souffre. Mieux vaut savoir à quoi s'en tenir, exactement.

II

1

La lumière jaunit un peu. Elle resta quelque temps étale, d'une couleur d'ambre. Un peu partout les feuillages des vignes vierges légèrement décollés des murs, les bourdons à vol lourd et les fleurs de parterres ouvertes sur leurs tiges projetèrent dans ces taches d'or des ombres légèrement mobiles, comme si avaient palpité là d'impalpables nuances d'attente et de sentiment.

Car c'était une heure douce, illuminée par le rayonnement du soir. Les ombres se couchaient doucement sur la terre. Elles se donnaient, eût-on dit, en bouquets. Leur impondérable mantille doublait le volume des choses, troublait un peu leurs proportions. (Plus tard, le paysage retrouverait sa pureté, son dessin net. Il se tiendrait dans l'atmosphère miséricordieuse et allégée qui précède le crépuscule.) Mais c'était encore l'heure où les ombres sont à l'abandon. Il y en avait de toutes sortes : des ombres épaisses de buissons, des ombres carrées de volets, des ombres longues de portiques de balançoires, des ombres de tables et de chaises, même des ombres de fleurs. De longues roses au plein de leur épanouissement se reflétaient par terre avec la solitude élégante et racée des stars.

Une bicyclette parut en haut de la côte de La Tuilerie, son extravagant reflet couché en travers de la route, à l'horizontale. On aurait dit les vieilles machines invraisemblables imaginées au début de ce siècle. La femme qui pédalait remuait lentement et régulièrement les genoux. Elle se laissa glisser jusqu'au bas de la pente et freina à hauteur de la petite fille.

— Attention, dit la femme avec un sourire. Ou je t'écrase.

⋆

Comme il y avait encore beaucoup de lumière, chacun remplissait tranquillement sa tâche. Les dernières heures de la journée passaient, pleines de ces petits gestes simples, mystérieux et vides de signification.

On n'avait qu'à attendre le dîner. C'était un peu comme avant un départ en vacances, quand les valises sont refermées, les tiroirs ; on s'assoit parce qu'il n'y a plus rien à faire ; on regarde une dernière fois la maison ; on pense à tout ce qui pourrait arriver et on a un peu peur ; mais le sort en est jeté, comme on dit. Il faut aller de l'avant.

C'était ainsi ; on avait un peu peur ; on a peur tous les soirs ; et toutes ces petites peurs mises bout à bout, ces peurs de tous les soirs, finissent par former une vie.

Pour s'occuper, les hommes flattaient les chiens dont la langue pendait comme un pétale mou de lys ou d'iris, et qui bavaient. Les cœurs des chiens étaient un peu accélérés par la chaleur. La partie rose se soulevait et s'abaissait comme si on avait vu à nu le cœur, ses valves délicates. Pris de pitié, les hommes apportaient de l'eau dans des gamelles de plastique, la déposaient devant les chiens. Ils poussaient leurs enfants sur les balançoires.

Ils taillaient des surgeons de haies au sécateur. Les branches craquaient, se détachaient, tombaient par terre mollement, très vertes et très nourries.

*

Les enfants jouaient : ils mettaient leurs mains sur leurs yeux, et ils comptaient ; on entendait dans l'air tranquille, sur une note tenue, un peu criarde : *un deux trois quat cinq six.*

Ils jouaient aux cow-boys, aux Indiens. Ceux qui faisaient les cow-boys imitaient le bruit des coups de pistolet ; ceux qui faisaient les Indiens imitaient les cris de guerre des Sioux. C'était logique. Les cow-boys poursuivaient les Sioux autour des maisons et organisaient des attaques. (Normalement, à la fin, les Sioux étaient vaincus car les Sioux sont nus et sauvages.) Mais cela faisait un peu de bruit ; on entendait aussi, partout, dans les jardins, doublant le fascinant bruitage des guerres de l'Ouest :

— *Si tu continues à courir tu vas t'échauffer, tu vas transpirer, tu vas prendre froid rentre tout de suite, viens boire ne bouscule pas ton frère prête-lui ton pistolet veux-tu bien lui prêter ton pistolet obéis veux-tu obéis. Ne fais pas pleurer ton petit frère. Il ne comprend pas ; il est trop petit, il est plus petit.*

Mais ces voix n'ont jamais beaucoup d'influence sur les enfants et, ce soir-là, elles n'en avaient pas plus qu'il n'était nécessaire.

2

Impassibles au milieu des combats comme les antiques déesses d'Homère, les vieilles dames assises sur leurs pliants, grand-mères des Sioux et des cow-boys, écoutaient toujours la radio. Les nouveautés alternaient avec des chansons qui leur rappelaient leur jeunesse.

Et leur mémoire était comme le mouvement de l'eau qui arrosait le jardin, tantôt se redressait et tantôt se couchait, et touchait l'herbe tendre d'un souvenir. Et le souvenir se tenait un instant éclairé, le souvenir tout mouillé, tout sensible, une chanson d'autrefois, Charles Trenet : *la mer qu'on voit danser au fond des golfes clairs a des reflets changeants la mer...*

Et ces vieilles dames dans leurs jardins se souvenaient d'anciennes promenades sur la côte vers Noirmoutier, du sable plat, les longues marches qu'elles avaient faites, marchant tantôt sur la poudre du sable sec qui leur brûlait les pieds, et tantôt sur le sable ferme, élastique, arrosé par la mer. *Les golfes clairs*, voilà ce que disait cette chanson (n'était-ce pas exactement ce qu'on voyait dans le ciel à ce moment-là, entre de petits nuages insignifiants, sans consistance, qui venaient d'arriver de l'ouest ? *Comme des îles dans des golfes clairs.* Des souvenirs dans la grande clarté immobile du passé.)

Le ciel est toujours beaucoup plus bleu le soir ; on peut le regarder.

Ce soir-là, c'était un ciel de tableau, légèrement doré aux bordures, précieux comme l'intérieur d'un cadre ; c'était sur les sommets d'un ciel comme celui-là que Dieu était assis sur des nuages, environné des Anges et des Justes.

Être assis par beau temps au centre d'un tel ciel, dans une telle profondeur de bleu, ça devait donner le vertige.

Quel besoin ? se disaient les vieilles dames. On est très bien ici.

En bas. C'est fait pour nous ; ça nous suffit.

L'herbe et les fleurs exhalaient une forte odeur végétale, cette odeur de terre et de sucre qui attire immanquablement les insectes, toutes les petites bêtes ailées de la nature. Tout vibrait près du sol, tout changeait à toutes les secondes ; mais en haut les changements se faisaient avec une lenteur infinie ; les nuages lumineux et pâles s'étiraient, se déformaient comme la figure, sur mer, des continents. Et comme les modifications des continents, celles du tracé des nuages, prenant beaucoup de temps, passant par une altération constante des formes, glissaient dans la conscience, ne laissaient presque aucun souvenir.

Tout est passé, se dirent tristement les vieilles dames ; comme tout est loin ! Qu'en reste-t-il ?

*

Comme la chanson se terminait, un avion s'entendit dans le ciel ; il fut visible à un point de lumière métallique.

La petite fille leva la tête.

L'avion traversa le *golfe clair*, cerné de petits nuages neufs aux franges imperceptiblement teintes par le couchant. Il l'altéra. Il abîma sa pureté. Mais il faisait partie d'un monde parallèle et lointain qui n'atteignait pas la surface paisible de la terre. (Pas plus que les gronderies n'atteignent les enfants ; pas plus que les chagrins n'atteignent les nappes liquides, profondes, de notre être.)

Il s'en allait vers l'ouest. À la hauteur à laquelle il volait, on devait déjà voir la côte, la limite nette entre la mince bande grège des plages et le bleu vif de l'océan.

Plusieurs enfants restèrent immobilisés dans leurs jeux, eux aussi, le nez en l'air. C'est un Boeing, dirent les plus grands. Et certains étendirent les bras et, de Sioux, se transformèrent en Boeing. Des Boeing aux bras étendus traversèrent les jardins, avec des bruits de moteur. Ils atterrirent sur des falaises ; ils tirèrent sur les chiens couchés qui se muèrent en éléphants. La guerre au pistolet devint une bataille aérienne.

Mais rien ne change profondément.

Les mêmes bruits légers, identifiables, continuèrent à monter du sol. La même odeur de terre humide montait des pelouses arrosées.

— J'm'en fous, du foie ! dit à haute voix la petite fille.

Elle secoua les épaules puis sauta sur un pied. Elle parcourut, toujours sur le même pied, une marelle imaginaire. Et elle atteignit d'un seul coup le ciel.

— Ciel ! cria victorieusement la petite fille.

— *A des reflets changeants,* dit Charles Trenet, *la mer...*

3

Le bruit de la tondeuse s'arrêta. Ceci détendit brutalement les sens. Les sens glissèrent délicieusement dans le silence, l'éprouvèrent comme un bienfaisant coton. Curieusement, alors même qu'il avait disparu, le bruit de l'avion fut plus net ; l'appareil devait passer *le mur du son.*

Dans une seconde, se dit madame Hubert. Dans une seconde exactement...

La formulation était vague. L'idée, elle aussi, était vague. Dans une seconde... car le jet d'eau était en l'air, bien droit, toutes les gouttes projetées vers le ciel. *Et dans une seconde, il allait s'abattre.*

Il s'abattit presque en même temps dans plusieurs jardins. Il trempa des arums cireux, des plants de salades, des bourgeons de fraises gros comme des dés à coudre, des tomates gonflées et vernies comme des faces d'Arcimboldo.

On entendit les cris exultants des enfants chatouillés par l'eau. Une rumeur de plaisir sensible, intense, presque palpable, qui semblait sortir du grand corps arrosé des végétaux. Elle fit penser, cette rumeur, aux représentations que nous avons des premiers âges, lorsque la terre était encore peuplée de silènes cornus qui mangeaient des fruits, de déesses roses à peine couvertes d'un linge, de petits cupidons frisés, perçant la matière blanche des corps de flèches en apparence inoffensives.

— Où êtes-vous ? Ne faites pas de bêtises ! crièrent les femmes, prises d'inquiétude devant tant de plaisir.

Elles sentaient que pour les enfants ces jardins si touffus, pleins de recoins où se cacher, ces soirs interminables resteraient comme une tiède réminiscence du paradis. C'était là le danger. Plus jamais le bonheur ne serait aussi grand. Plus jamais les jardins ne seraient si touffus. Plus jamais le bonheur ne serait à portée, presque palpable. (Penser que certains de ces enfants avaient à peine la taille des rosiers !)

Après ça, on était condamné au regret toute sa vie. On attend. Et parfois dans les rêves... on se souvient. En nous ainsi, par bribes, en de brusques saignements internes, en de brusques éblouissements, cette odeur d'herbe, de désir vague, d'enfance perdue (c'est fou ce qu'elle donne soif).

Des ballons bleu et blanc, peints par quartiers comme des oranges, atterrissaient sur les parterres.

Dans leurs poursuites, les enfants passaient entre les thuyas, ils froissaient en criant les feuillages ; on apercevait des culottes rouges, des bouts de museaux tout barbouillés... Oui, parfois, dans les rêves...

— Attention aux fleurs, criaient-elles. Oh les fleurs ! Quels sauvages ! Vous allez tout casser !

*

Quand le jet d'eau se retirait, les fleurs ressortaient droites, intactes, trempées. Cela faisait penser à quelque chose, se disaient les vieilles dames, quelque chose qu'on chantait à l'église : *Dans tes verts pâturages / Tu m'as fait reposer / Et dans tes eaux limpides / Tu m'as désaltéré...* C'était si beau, ce chant ! Mais ce n'était pas à ça qu'avait ressemblé leur vie. Quel horrible mensonge ! Quand est-ce qu'elles s'étaient reposées ? Où était la fraîcheur promise ? Tout était sec. Pourtant elles avaient fait tous leurs efforts pour imaginer un bonheur simple comme une prairie, le Paradis comme un jardin trempé *où coulaient le lait et le miel.* Elles avaient espéré. Oui, elles avaient été pleines de bonne volonté, d'espérance. Même elles avaient rêvé. Elles ne se rappelaient plus quoi ; leurs rêves avaient été immenses. On leur avait monté la tête. Tout cela, c'étaient des histoires... Pourtant elles demandaient si peu !

Et maintenant... Quelques années encore avec un peu de chance. La dernière ligne droite...

4

Le soleil était bien visible maintenant, d'un ton vif. On ne pouvait pas le regarder tant sa lumière blessait les yeux. Il paraissait au ras de la Tuilerie. Il ressemblait à un gros ballon dirigeable.

Il était évident que ce soleil si rouge ne tiendrait pas le coup, qu'il allait disparaître, là-bas, vers l'ouest, au-dessus des arbres de La Tuilerie. La maison paraissait élue pour ce spectacle, avec sa façade italienne et la Diane au milieu du parterre, en équilibre sur une jambe. Ses deux bras restaient étendus dans le mouvement de tendre l'arc. (Ce côté émouvant des statues ; elles ont l'air de s'appuyer contre le vide, comme nous. Absolument rien qui les tienne.)

Et ces ombres si minces ! Une telle disproportion... Une telle déformation ! Par exemple, ces dossiers de chaises ; ça fait penser, on ne sait pas exactement à quoi. Peut-être... oui, à l'ombre, dans des films, oui l'ombre, sur le sol, avant qu'il soit visible, l'ombre du meurtrier sortant du mur, l'ombre de *l'assassin* ; c'est exactement ça.

Alors on crie. Mais justement dans ces moments-là, aucun son ne sort de la bouche ; c'est vraiment *l'ironie du sort,* la fatalité. Quand on a peur, c'est bien connu, on ne peut pas crier ; la bouche s'arrondit dans le silence et l'assassin s'avance.

Il faudrait toujours avoir sur soi ces petits systèmes d'alarme électronique. Il suffit d'appuyer sur un bouton. Mais il ne faut pas y penser. Quelle drôle d'idée au fond ! Toujours les mêmes ! On connaît pourtant les voisins. Le soir... ce n'est qu'une chaise.

Mais tout de même, qu'est-ce que leurs filles pouvaient bien faire ? les laisser seules, ainsi, sans distraction... à leur âge... si fragiles... si épouvantablement éprouvées par la vie, si pleines d'arthrose, de rhumatismes, ayant tellement besoin de réconfort, de présence. Tout ce temps derrière elles, tous ces soirs et tous ces matins ! Quand on y pense...

Puis elles se souvinrent de l'avion, ce qui modifia leur point de vue.

Heureusement, se dirent les vieilles dames, on n'est plus dans *la nuit des temps*, on n'est plus à l'époque des peurs sans âge. Des choses réelles existent ; ces tables, ces chaises. On est un soir d'été dans un jardin, un soir d'été moderne. On est bien *dans le monde d'aujourd'hui*. On entend la radio. Les avions traversent le ciel et c'est si rassurant d'être par terre (car il faut être honnête ; ça pourrait être pire). Le téléphone relie toutes les maisons du lotissement. Il suffit d'ouvrir la lumière. Il suffirait de téléphoner, de faire un numéro s'il y avait un problème, le 17, la police, et des hommes, des hommes forts, en uniforme, le pistolet dans une gaine en cuir arriveraient, ou des médecins qui les emmèneraient dans les services d'urgence si la nécessité se présentait, en cas de crises cardiaques, en cas d'hémorragies internes.

Tout va bien, se disaient doucement les vieilles dames, tout va bien.

*

Certaines des filles qui s'étaient attardées à parler en sortant de la boucherie rentrèrent alors dans les jardins.

Quand elles poussèrent les portillons, elles reçurent l'impression de la fraîcheur de l'eau, son effet pénétrant mêlé à une lumière d'huile qui se fixait sur les surfaces les plus brillantes.

Elles eurent une grande satisfaction à voir leurs mères ainsi, sereines, écoutant la musique. Elles avaient raison de s'asseoir, de ne rien faire, mais aussi de ne pas se laisser aller, de porter des robes vives, car le noir les aurait vieillies.

Dans l'ombre, l'ombre providentielle qui efface les rides, elles semblaient reposées, rajeunies. Malgré leur âge, elles profitaient bien de l'été. Peut-être qu'elles étaient heureuses. (C'était ce que pensaient les filles.)

Elles posèrent sur les tables les papiers froids et mous qui contenaient la viande, le foie de veau, les côtes premières. Elles furent satisfaites d'avoir rempli leurs obligations, tout un ordre d'obligations, les intérieurs en ordre, le jardin calme, débarrassé des mauvaises herbes. Et ces enfants qui leur appartenaient et qui couraient autour de la maison, certains d'une belle couleur de pain d'épice, et certains en slip, mais c'était l'été. Quand il fait chaud, on ne peut pas trop exiger des enfants.

Ils jouaient à se poursuivre. Peut-être des cowboys, peut-être des lions, se disaient les mères avec fatalisme. Ou peut-être des chevaliers, des pompiers (on entendait pin-pon, pin-pon). Sait-on jamais à quoi jouent les enfants ?

*

Les plus petits s'approchaient par moments des vieilles dames pour leur montrer des choses qu'ils avaient ramassées, ou les membres blessés qu'ils venaient de heurter dans des portes, ou par terre, pour leur faire constater ces lésions, ces marques de leur héroïsme :

— Mamie, regarde ce que j'ai trouvé, mamie, regarde *ce que je m'ai fait* !

— *Ce que je me suis fait*, corrigeaient les vieilles dames d'un ton tout de suite artificiel, le fameux ton de responsable de rayon, le ton d'institutrice :

— On ne dit pas : *que je m'ai fait*. Tu n'as pas appris tes conjugaisons ?

Puis elles faisaient semblant de s'extasier, arrondissaient les yeux, ouvraient très largement la bouche, touchaient le genou blessé, plissaient le front car elles n'y voyaient rien, hochaient la tête, admiraient les résultats étonnants, les couleurs des mâchures :

— Dis donc, ça doit te faire très mal !

— Oui, répondait l'enfant, fier d'avoir éveillé l'attention du monde adulte, de ce monde divin, inconnu et adverse : *très très mal.*

(L'enfant peut-être mû par l'obscure intuition de la solitude, l'enfant tendant la main, essayant, si petit, de trouver un mot pour la dire, le petit enfant à peine plus haut qu'un pied de rosier, tendre comme une feuille neuve : car les vieilles dames ne s'amusent pas beaucoup. Toute la journée assises.)

— J'ai mal, disait le tout-petit.

— Ne t'inquiète pas, chéri, ça va guérir.

— Mamie, demandait l'enfant après une légère hésitation, mamie, est-ce que demain, tu pourras m'acheter un Carambar ?

5

Par une coïncidence, la petite fille arriva devant le numéro 18 au moment où le soleil disparut. Pour elle, du point très bas, plutôt vers l'occident, d'où elle envisageait le monde, le soleil eut l'air de glisser derrière la ligne de peupliers de la rivière. Le soleil paraît toujours se coucher très loin. Aucun homme ne l'a jamais vu se coucher près de lui quoiqu'il donne l'impression de toucher un point très précis de la terre. Pour tous les hommes de tous les pays, le mystère du monde reste entier, la distance par rapport au centre est la même.

La boule rouge descendit très vite. Elle passa derrière le rideau d'arbres. On aurait vraiment dit qu'elle brûlait cette partie du ciel. Sa lumière dérobée remontait du sol ; elle enflammait l'espace entre les branches d'enluminures tragiques.

Lorsque la petite fille poussa le loquet, le portillon grinça comme à son ordinaire.

Alors, ce que tout le monde avait prévu se produisit : le ciel fonça d'un coup ; il parut légèrement plus triste. Un point rouge qui survivait à l'ancienne clarté resta visible quelques instants dans plusieurs vitres.

Ce fut pareil partout dans cette région de l'ouest. Tout près, dans les petites stations de l'Atlantique, le soleil plongea derrière l'horizon qu'indiquait la lisière colorée et calme de la mer ; les derniers baigneurs rassemblèrent leurs vêtements ; des bateaux de pêche qui rentraient dans les ports firent un courant doux et les barques de toutes les couleurs se soulevèrent d'avant en arrière.

Les gens qui se promenaient le long des plages restèrent quelques instants devant le grand ciel vide aux couleurs de mondes disparus, les amoureux qui se tenaient par les épaules et les personnes qui promenaient des chiens. Ces mots flottèrent dans les esprits, s'accrochèrent à un contenu impossible à saisir, se chargèrent furtivement d'un sens, s'évanouirent : *la beauté du monde*. Les amoureux qui se tenaient par les épaules envisagèrent leur vie différemment. Ils se serrèrent l'un contre l'autre. La surface de la mer devint rouge comme si on y avait rincé les entrailles d'un thon énorme.

Une lumière rose inonda les maisons ; de seconde en seconde, elle s'affaiblit.

Les chiens furetèrent sur la bordure en ciment des fronts de mer à la recherche des odeurs corrompues et salines.

★

La petite fille hésita un court moment, dansa d'un pied sur l'autre. C'était chez elle, un grand jardin, avec une pelouse, une terrasse en ardoise et trois portes-fenêtres qui conservaient le foyer rouge du soleil disparu. La blancheur et la légèreté de la terre montraient qu'elle était mélangée de sable et qu'on n'était pas très loin de la mer. Un parasol de couleur crème était ouvert au-dessus d'une table. On voyait dessus un magazine, un dé à coudre, une bouteille d'orangeade à moitié pleine. Toutes ces choses étaient familières : elle en fut au fond soulagée ; chez soi, ça ne ressemble à rien d'autre. La petite inquiétude qui l'occupait depuis tout à l'heure se réduisit à presque rien. Quand on est bien chez soi, dans sa maison, manger du foie, ça n'a pas tellement d'importance.

Mais elle dit une fois de plus, très haut, par provocation :

— J'm'en fous, du foie !

(Ça faisait une sorte de rime.)

— Le foie, j'm'en fous ! chanta la petite fille.

Elle tira la langue. Puis elle poussa un cri.

Car la chaussure perdue de Barbie brillait sur une touffe d'herbe comme un osselet abandonné, avec ses jumelles de théâtre et deux ou trois portemanteaux miniatures.

La petite fille s'accroupit, saisit l'objet précieux, la pantoufle de Cendrillon, et s'occupa à l'enfiler sur le pied. (C'était toute une technique à cause de la cambrure.) Elle y mit autant de gravité que le prince.

Au ras du sol, on entendait des bruits d'insectes parmi lesquels il fallait soigneusement distinguer les guêpes des mouches et des moustiques. Dans les jardins, l'été, il faut se méfier. La petite fille ferma la bouche et respira soigneusement par le nez. Sans faire de bruit, elle explora les recoins du jardin où des ombres plus diluées, moins nettes, allongeaient dangereusement les thuyas et le lilas. Mais il n'y avait pas de rocker, pas d'assassin. Madame Saint-Ollier lisait un magazine. L'homme qui se détacha du buisson était son père. Ce qu'il portait n'était qu'un appareil photographique.

6

— Te voilà, dit monsieur Saint-Ollier. Où étais-tu ? Je t'attendais. Il me reste un peu de pellicule. On va faire des photographies.

« Regarde-moi, souris. Pas comme ça : regarde-moi, voyons ! Ne fais pas l'idiote ; lâche un peu ta poupée ! Ne plisse pas les yeux. Attention ! Le petit oiseau va sortir.

La petite fille leva la tête, se tordit le cou avec bonne volonté, étira les commissures de ses lèvres. Son père fut obligé de prendre deux ou trois clichés car elle n'arriva pas à produire immédiatement le bon sourire.

De ce soir-là, *le soir du foie*, il resterait plusieurs photographies de la petite fille et de sa poupée prises à cette heure crépusculaire. Sur l'une d'entre elles, la petite fille, debout, tient Barbie par les cheveux ; elle regarde de face et on voit qu'il lui manque deux dents. Sur le tee-shirt, il est écrit : *Notre-Dame de Playben*, un nom de plage.

Sur une autre photographie, la poupée est assise sur ses genoux dans la robe de tulle rose qui est son unique robe de bal. La petite fille imite le sourire américain de la poupée. Les deux visages, le plus gros et le minuscule, regardent dans la même direction.

Derrière elles, les fleurs de la haie sont très blanches ; on voit que le soir a commencé.

Quoique très satisfaite d'être ainsi le point de mire, après chaque pose, la petite fille tira la langue, pour montrer qu'elle gardait une grande liberté de jugement et accordait peu d'importance aux caprices des adultes.

⋆

Pendant qu'avait lieu cette séance, un bruit de moteur traversa le bourg.

En raison de la vitesse on n'eut pas le temps de distinguer ce que c'était : une sorte d'oiseau à crête orange sur une branche rouge, un centaure à tête d'homme, à monture de chrome étincelant.

— Tiens, se dit madame Hubert, qui soufflait sur la croûte du genou de Jean-François, son dernier petit-fils, pour la guérir par une opération magique : qui ça peut être ? Ce doit être Ludovic Morineau. Il a une nouvelle mobylette. Mais quel dommage ! (Car elle pensa immédiatement à la couleur de ses cheveux, à la manière dont ils se dressaient sur sa tête, une manière si peu naturelle, si excentrique). Oui, quel dommage ! Cette pauvre Florence. Si travailleuse ! Elle n'avait pas vraiment *mérité* ça.

Mais qui est-ce qui mérite ? se dit madame Hubert en soufflant avec bonne volonté sur le genou.

— Bientôt, expliqua-t-elle à son petit-fils, la croûte tombera dans la nature et tu auras une peau toute neuve, une peau comme un bébé. Tu seras encore plus beau qu'avant, un beau bébé tout neuf !

« Viens embrasser mamie, ajouta la vieille dame.

Car le soir approchait, on ne voyait plus le soleil, et tout à l'heure, elle n'avait pas été très rassurée ; elle avait eu cette impression que la chaise, l'ombre de la chaise ressemblait... et pour tout dire elle avait même vaguement pensé à ce dessin que font, dans le cimetière, les croix dont l'ombre à une certaine heure est couchée toujours sur le même côté, vers la gauche. Toutes ces barres parallèles, vers l'est, vers la route de La Châtaigneraie (au loin, on aperçoit l'enceinte massive et noire du bois). Et c'est une idée qui fait peur, vraiment, cette idée des croix. Et, naturellement, elle avait pensé à sa mère, Eugénie, et à la tache d'humidité sur la tapisserie de sa chambre — le portrait de sa mère était sur la cheminée ; les deux idées lui venaient toujours ensemble. La tache paraissait un peu moins maintenant, avec l'été. La sécheresse n'avait pas que des désavantages.

Et plus tard, pensa-t-elle, il faudrait bien faire assainir ce mur, changer le papier. Mais mieux vaut ne pas y penser. Surtout à cette heure-là ! On n'est pas *de sang-froid.*

La joue sentait la confiture. En regardant bien, il y en avait un peu, au coin de la bouche.

Cette odeur délicieuse des enfants, se dit madame Hubert, tout attendrie. Et elle se rejeta en arrière pendant que Jean-François frottait avec philosophie la bave déposée sur sa joue.

*

— Pour Ludovic et Claire Maucroix, je t'assure, dit la petite fille à sa poupée ; je les ai vus. Derrière les terrains de tennis. Ils s'embrassaient. Comme des acteurs. Sur la bouche.

« Embrasser Ludovic Morineau, ajouta la petite fille avec un léger sifflement, faut le faire !

(Elle les avait observés un moment, cachée derrière la haie de thuyas qui entoure les tennis. Puis elle avait pris peur, parce qu'ils restaient l'un contre l'autre, sans bouger, sans respirer, comme attachés.

Et elle s'était sauvée. Elle avait couru sans se retourner, à toute allure.)

7

Précisément, Robert Stevens — le professeur Robert Stevens — embrassait avec une *farouche passion* Rowena Mulberry. *Une farouche passion* (Claire Lansiot relut pour s'en assurer. Le mot lui paraissait légèrement excessif. Mais elle avait bien lu. D'ailleurs, ceci la confirmait dans l'opinion qu'elle s'était faite : il était clair depuis le début que Stevens, malgré son prestige, aurait du mal à s'en sortir).

Cette scène avait lieu au pied du Ben Nevis, par un après-midi d'automne. C'était presque la fin de *Passion écossaise* (traduction du titre original : *Scottish love*), page 158.

Le professeur Stevens avait invité Rowena pour une promenade. Il avait arrêté sa voiture au pied du mont ; le Ben Nevis se dressait dans le vent froid, au-dessus d'une campagne sauvage ; c'était toujours l'automne. Finalement, tout était allé vite. Les arbres étaient rouges.

Bouleversée, Rowena s'était exclamée :

— Quelle vue magnifique !

— La lumière éclaire vos yeux, avait murmuré le terrible Stevens, visiblement ému, peu sensible au décor.

En tapotant le volant de sa Jaguar, il avait regardé Rowena de ses yeux gris acier, si aigus pendant les opérations, si effrayants pour le personnel de l'hôpital. Il avait dit :

— Je ne sais pas, Rowena, si vous comprenez ce qui nous arrive.

Claire Lansiot avait bien compris. La scène vérifiait toutes ses prévisions. Légèrement essoufflée, elle leva les yeux et regarda, un peu hagarde, le jardin; elle vit derrière elle l'ombre très distendue de minces épaules : cette ombre, une silhouette? Une silhouette derrière elle? Vous? Robert? Mais non, c'était la chaise. *Ce n'était que la chaise.* Tout était immobile.

Elle replongea dans sa lecture : elle lut les mots absolus, les mots confondants :

« Rowena, la première fois que je vous ai vue, j'ai su; je vous ai attendue toute ma vie, j'ai lutté, mais maintenant je ne peux plus. C'est plus fort que moi. Je vous aime, Rowena. Voilà ce qui arrive. »

Alors, oubliant son pouvoir, oubliant tout, *vaincu,* Hercule aux pieds d'Omphale, le professeur Stevens attirait Rowena contre lui dans le vent romantique de l'automne écossais.

Claire Lansiot en sentit bizarrement une pointe au cœur. Elle retourna le livre; elle relut le nom de l'auteur sur la couverture : Alan Mac Luddy : un homme qui savait aimer, qui avait du fonds. Un grand auteur. Sans doute un Écossais (on dit pourtant qu'ils sont avares).

Il n'y a pas à dire. Un peu de pluie ne ferait pas de mal! un peu d'intensité, un peu de mauvais temps. On s'étiole! Elle se souvenait d'autres lectures, qui parlaient de femmes trempées par les souffrances du cœur et le climat anglais, de chevaux piaffant sur la lande, d'hommes mûrs pleins d'amertume, même un peu misogynes sur les bords — les seuls au fond vraiment capables d'affection.

Le climat, tout est là ! Et puis, la semaine dernière, l'histoire de cette hôtesse de l'air et de son commandant de bord. Détourné par un pirate, l'avion était immobilisé sur l'aéroport d'un pays en guerre.

Il était évident que ce genre de situation donnait beaucoup d'intensité aux sentiments.

Elle soupira.

La souffrance persistait. C'était le genre de souffrance qui donne l'illusion de sentir l'emplacement du cœur *au milieu* de la cage thoracique. Mais c'est idiot ; le cœur n'est pas à cet endroit ; il est un peu plus bas, sous le sein gauche, bizarrement insensible, bizarrement indolore. Bien qu'il batte. (Prise d'une inquiétude, elle se tâta le pouls.) Il battait normalement.

Il fallait se rendre à l'évidence : elle souffrait. Bien au centre de sa personne, l'oppressant légèrement, l'empêchant même de respirer, elle sentait une douleur véritable, une douleur sans aucune cause, une douleur vraiment *humaine*.

(Et n'est-il pas curieux que l'homme — ou même la femme — parfaitement sain, sans problème physique grave, quand il est au repos, paisible, bien nourri, soit tel que le spectacle d'un amour qui ne lui est pas destiné puisse aussi affreusement le faire souffrir ?)

Il va faire nuit, se dit-elle.

Il y avait tant d'ombres maintenant que leurs dessins s'entrecroisaient, ne faisaient plus au ras du sol qu'une bouillie obscure. Tout en haut, le dessin des formes restait sec, douloureux de netteté, comme cisaillé dans l'air du soir : la masse des marronniers, le clocher, sa tour basse, presque médiévale, sans élévation, appuyée sur le mauve assourdi. Bientôt cette tour se confondrait avec le ciel. Ils ne formeraient plus tous les deux qu'une unique matière noire — reflet ? figure ? — de la terrible obscurité qui nous habite. L'extérieur ressemblerait à l'intérieur. Quand il fait nuit, nous n'avons pas plus de repères en nous qu'au-dehors. Et nous avançons à tâtons dans ces limbes de l'espace intérieur, et cet espace est désertique, et l'on sait bien alors ce qui arrive : nous nous y dirigeons fatalement vers ce qui nous fait le plus mal.

— Robert, murmura Claire Lansiot. Robert Asselmann.

Faiblement, en elle, une voix protestait : ne pas y penser. Éviter ce point.

Elle ferma le livre, le posa sur la toile.

— Ça arrive à tout le monde, se dit-elle, par paresse et par habitude, en repoussant du pied un peu de terre qui salissait le relax. Il n'y a pas de quoi en faire...

Ou alors...

Le livre tomba. En relevant la tête, elle vit voleter au-dessus de la haie, à la verticale, de tout petits papillons crème. Toutes sortes de papillons se posaient sur les haies, comme piqués à même les épines. C'était très étonnant, cette insensibilité des papillons, alors qu'ils paraissent si fragiles.

À voir leur pâleur, cet effacement de la couleur, on sentait que l'ombre avait gagné ; on sentait venir le crépuscule. Le crépuscule se voyait par contraste. Tout se voit par contraste. L'ombre du soir par rapport à l'ancienne clarté, Robert Stevens par rapport à Robert Asselmann.

(S'il n'y avait pas les livres, se dit tristement Claire Lansiot, si seulement il n'y avait jamais eu de livres...)

8

À Nantes, certains soirs, quand le soleil descend à l'aplomb du château des ducs, sur le fond du ciel rouge, on pense à l'incendie de Londres. Le dessin de la porte Saint-Pierre rappelle vaguement les tours de Tower Bridge. À cette heure-là, toujours, des femmes traînent devant les vitrines ; les défenses baissent ; les tentations paraissent plus fortes. C'est le soir que beaucoup de choses se décident. (Mais ce soir-là, rien ne s'était passé comme Claire l'espérait. Tout était allé de travers.)

De toute sa vie, elle ne s'était jamais sentie aussi fragile. Mais elle n'avait pas le temps de traîner. Elle marchait rapidement pour ne pas arriver en retard au rendez-vous qu'il lui avait fixé, cours des Cinquante-Otages.

Elle l'avait rencontré à une sorte de dîner professionnel. Elle était à la droite de son mari, et cet homme, Robert Asselmann, avait été placé presque en face. Deux ou trois personnes les séparaient. Ceci avait rendu difficile une conversation suivie. C'était le genre de dîners où les hommes règlent des problèmes tandis que leurs *épouses,* comme ils les nomment avec cérémonie, échangent de vagues politesses. Dans ces dîners, en général, elle parlait peu ; elle s'ennuyait. Ils avaient échangé un regard ; il avait une mèche qui lui retombait sur les yeux, il lui avait souri. Sa main à elle, qui tremblait légèrement, avait reposé sa fourchette.

C'était le nom, Robert Asselmann. Son nom. Elle l'avait appris le soir même. Au moment où les gens s'étaient levés de table, il s'était avancé vers elle. Cette fâcheuse instabilité de son cœur avait fait le reste.

Elle se revoyait ; elle revoyait cette année-là ; c'était plusieurs années, elle aurait presque dit *des siècles* en arrière. Elle avait traversé le Jardin des plantes en montant de la gare d'Orléans. Habitant au sud de la Loire, elle ne connaissait pas bien le centre et perdait du temps à se repérer. À chaque carrefour, elle devait vérifier le nom des rues. C'était un lundi soir. Beaucoup de magasins étaient fermés, et les femmes qui traînaient devant ne couraient pas grand risque. Le tonnerre roulait assez loin ; à tout moment, on pouvait craindre de voir l'orage recommencer. Elle s'était engagée dans les quartiers résidentiels des abords de la gare : ce sont de petites rues qui ont gardé la trace du rêve de retraite et de calme qui hanta les générations d'après guerre, des maisons hautes, comme assoupies, des entrées sombres, de petites chambres mansardées donnant sur l'arrière de jardins touffus. Une sensualité lourde s'en dégageait par ce soir d'orage. Des lilas noircis par la pluie débordaient des murs ; çà et là, des plaques de médecins ou de notaires faisaient imaginer de vieux cabinets tapissés de livres, décorés de gravures de ports, des existences presque finies, tournées vers de très vieux secrets.

Elle se sentait prise d'une bizarre angoisse, liée probablement au contraste entre la densité tangible de ce rêve d'immobilité et de paix, cette obscurité des jardins chargés de la dernière pluie, et le trouble qui l'habitait. Le souffle légèrement coupé, les chevilles molles sur le trottoir mouillé, elle marchait de plus en plus vite. Elle se disait : c'est de la folie. Elle posait soigneusement l'une devant l'autre ses chaussures à talons un peu hautes. Elle ne se sentait pas tellement en équilibre, mais c'étaient ses plus belles chaussures et elle voulait lui plaire.

Ne jamais revenir à Nantes ! Ne plus jamais y revenir !

L'orage qui avait éclaté le matin mouillait encore les toits d'ardoise. Le soir avait cette couleur grise qui n'appartient qu'au mois de mai, ce parfum mou de fleurs d'après la pluie. Certaines journées de mai ont l'air de très longs crépuscules. Les oiseaux chantent quelque part. Chaque arbre semble couver du mystère. Bien qu'il ne fût pas tard, des fleurs blanches de magnolias, très ouvertes, ressortaient fortement dans la pénombre entretenue par le temps pluvieux et les feuillages somptueusement épanouis. Il n'y avait personne dans les rues. Tout était gris, et pourtant une étrange douceur épandue dans l'air faisait ressentir le printemps ; la sonorité des rues vides était presque surnaturelle ; le moindre son s'y détachait (un petit chat jouait sur les genoux d'une Pomone en plâtre ; d'invisibles oiseaux chantaient dans les arbres). De gros nuages roulés aux formes dramatiques semblaient prolonger dans le ciel l'épaisseur des feuilles.

La beauté de l'ouest est son ciel. Il passait ce soir-là au-dessus de Nantes humide, de Nantes fraîche, secouée par l'orage, de grandes formes rousses et convulsées, qu'on eût dites les sombres esquisses d'un ciel de Jugement.

*

Il l'attendait, comme convenu. Ils étaient allés l'un vers l'autre et ils s'étaient d'abord serré la main, plutôt maladroitement. (Entre un homme et une femme qui ne sont pas sûrs d'eux, cette attitude existe.) Il l'avait remerciée d'être venue. Comme ils restaient à piétiner face à face, il l'avait entraînée vers un café ; il avait dit qu'il n'y avait pas de temps à perdre.

Et c'était vrai. En deux ou trois minutes, l'obscurité était devenue énorme, épaisse au point qu'on distinguait à peine les formes sur le trottoir d'en face. Le tonnerre s'était rapproché, et le ciel avait résonné comme un tambour (on aurait dit que les coups tombaient sur l'Erdre, à deux pas, au-dessus du pont Saint-Mihiel).

Une fois à l'abri, ils avaient bu une orangeade. Quelques gouttes larges comme des pièces de dix francs avaient sonné contre le verre de la terrasse. Mais l'orage avait dû s'éloigner. Peu à peu la lumière grise du crépuscule était revenue, elle s'en souvenait comme d'une déception. Un peu embarrassés, ils étaient assis face à face, un dossier qu'il avait en main posé en travers de la table. Elle s'était arrangée pour maintenir la conversation sur des sujets très vagues. Très énervée, elle disait n'importe quoi. Il lui souriait comme l'autre soir. Il la laissait parler. Elle essayait de retarder le moment où il serait inévitable de mettre fin à la rencontre. Elle y appliquait son esprit avec toute son intensité. (Elle revoyait encore les petits sets de table, qui représentaient des gentlemen anglais, des chasses à courre, avec des marques de whisky.).

À cause du demi-jour, le visage en face d'elle paraissait blanc, extrêmement calme, enveloppé dans la grisaille. Il attendait. Et malgré ses efforts, de longs silences s'installaient. (Mais les mots qu'elle n'avait pas dits, les mots que ni l'un ni l'autre n'avait dits, d'autres les avaient prononcés, d'autres les avaient écrits noir sur blanc. Chaque mot écrit rencontre un jour une part obscure d'existence.)

Quand l'orage avait paru s'éloigner, ils étaient ressortis ; ils avaient repris leur promenade, sans trop savoir où ils allaient, par le simple besoin d'être ensemble, et ils avaient fini par remonter le grand escalier du cours Saint-Pierre. L'ombre des marronniers le recouvrait presque entièrement. L'impression en était solennelle, presque écrasante, monumentale. Mais les deux contre-allées en forme de tunnels ouvraient à leurs extrémités sur deux bouches d'une clarté opale, ce qui restait de la lumière du jour, d'une douceur infinie. (Cette tristesse des crépuscules du bord de Loire... cette lumière pâle, toujours voilée d'une fine vapeur en suspension ; les marronniers ouverts partout, sur les promenades et dans les parcs, comme s'ils protégeaient l'ombrageuse sévérité de la vieille cité ducale, les marronniers, leur parfum de vanille, ce quelque chose d'enveloppé, de silencieux, d'impénétrable, qui possède nos cœurs de Chouans...)

Les coups de tonnerre s'entendaient de plus en plus loin, très espacés, probablement vers le quartier Sainte-Anne. L'orage avait tourné. À cause de l'ombre et du feuillage, on ne voyait plus le boulevard.

Elle marchait sur le cours à côté de Robert Asselmann ; il portait le dossier sous son bras ; ils avaient l'air de gens sortant de leur travail. Bientôt, il n'y aurait aucune raison qu'il restât davantage avec elle ; elle attendait cet inévitable moment ; elle pensait : c'est exactement le genre d'homme... elle se disait : comme c'est dommage !

Ils avaient traversé la partie des allées occupée par la foire de printemps. Les stands étaient presque déserts. Sur la toile des plus grands chapiteaux, l'eau de pluie avait formé des flaques. Des forains réparaient les dégâts. Ils balayaient la toile, faisaient couler par terre de grosses giclées de pluie et de branchages.

Et elle continuait à penser : c'est exactement le genre d'homme. À tout ce qu'il disait, elle hochait la tête. Elle regardait la lumière grise et transparente à l'orée des allées sur la place, et cette lumière s'était mise à trembler, à se gonfler sous son regard, la couleur grise, les fleurs en miettes. Tout se gondolait, se déformait; elle sentait s'installer en elle avec douleur la certitude du renoncement.

Il l'avait serrée contre lui, en plein milieu du cours Saint-Pierre. Mais quelque chose s'était cassé. Elle s'était retrouvée contre lui, brutalement confrontée à cet homme; elle avait senti les poignets de sa chemise, sur ses paupières les lèvres un peu humides de l'étranger. Il avait essayé de toucher de sa main sa poitrine.

Il avait dit doucement, *trop sensible, beaucoup trop sensible* (tendrement d'abord, en lui caressant les cheveux). Pourquoi pleurer? mais pourquoi? il répétait : enfin, Claire!

(Mais c'était beaucoup trop difficile, c'était presque impossible; elle ne pouvait plus s'arrêter, elle se sentait à bout.) Elle lui avait abandonné un corps lourd comme celui d'une poupée de porcelaine. Elle s'était débattue; elle s'était dégagée; elle l'avait repoussé. Il avait bien senti qu'il n'y avait rien à faire. C'était mal engagé ; trop tard. Il l'avait regardée sans comprendre. Il avait dit froidement : pardonnez-moi. Et il l'avait lâchée avec ce sentiment qu'il n'arriverait jamais à rien avec elle ; il l'avait lâchée complètement, découragé. Trop sensible, probablement. Trop lâche. Il l'avait méprisée. En deux minutes, c'était fini. Pardonnez-moi, avait-il dit... Elle n'avait jamais pardonné. Elle n'avait jamais oublié. Elle pleurait avec dignité en essayant de ne pas renifler, et, bien évidemment, il n'y avait pas l'ombre d'un mouchoir dans son sac.

Elle repoussa encore un peu de terre du bout de son orteil. De la terre fraîche tomba sur l'ombre.

Je me demande, se dit-elle, je me demande encore comment...

9

À la radio, le slow recommença ; il ôta toute défense. Toute pensée rationnelle fut impossible.

Claire regarda le ciel ; elle fut terrorisée par sa couleur. Il était devenu d'un bleu de buvard, d'un bleu irrémédiablement nocturne, presque nordique, le bleu du ciel dont le soleil s'est retiré. C'était une couleur foncée dans laquelle toutes sortes de choses lointaines paraissaient lentement se dissoudre. (Elle se revit. Elle les revit ; ils avaient traversé le cours dans un regret terrible.

Ils s'étaient séparés place Louis-XVI. Elle ne l'avait jamais revu. Elle n'avait pas osé se retourner.)

Elle avait continué à marcher droit devant elle, bien dans son genre, sans trop savoir où elle allait, dans la ville grise à l'odeur de vanille, posant l'une devant l'autre ses chaussures à talons, et pleurant avec dignité : personne sensible, bien sûr, mais sans jamais de mouchoir sur elle.

Tout le mal qu'on se fait, se dit-elle. Et pourquoi ? Mais elle se répondit : ce n'était pas possible.

Elle se revit, le dos contracté ; elle se revit lorsque les bras s'étaient ouverts ; elle se ramassait toute. Elle se serrait ; elle aurait voulu diminuer de volume. Comme si elle avait essayé de diminuer sa propre densité, comme si, dans l'air humide de ce jour de printemps, elle avait essayé de ne plus exister, de ne plus vivre. Voilà ce qui était arrivé. Tout le monde aurait pu regarder son visage, tout le monde aurait pu la toucher, sauf cet homme-là, *précisément.* Elle était morte comme un trou noir. Voilà que cet homme l'avait touchée, et elle s'était mise à crier ; elle aurait pu se mettre à crier. C'était comme si l'espace entre eux se divisait, se ramifiait à l'infini ; comme si s'inventait du vide à l'intérieur du vide.

C'est cette musique, pensa-t-elle en se secouant ; ça engourdit.

*

— Mesdames, messieurs, proféra la petite fille à plat ventre dans l'herbe, une de ses jambes se balançant latéralement avec la régularité d'un essuie-glace : mesdames, messieurs, chers téléspectateurs, chers téléspectatrices, la princesse rentre au bal. Toutes les fenêtres du château sont allumées. La voici, mesdames et messieurs ! Écoutez la musique !

Serrant étroitement entre pouce et index la taille de plastique, elle propulsa Barbie bien droite, sur son trente et un, entre les pointes rases de l'herbe.

— *Bal au clair de lune,* annonça la petite fille, qui, profitant de la réédition langoureuse du slow, essaya de faire tourner la poupée.

La poupée tourna, élégante, sa tête aimable et maquillée ayant toujours la même inclinaison sur son cou mince.

— *Loviou,* chantonna la petite fille, pour l'accompagner.

Beaucoup de noir s'accumulait au ras de l'herbe et l'illusion était parfaite.

III

1

Le rideau de la boucherie avait été descendu à la manivelle. Il avait réduit lentement, réduit à néant, tour après tour, toutes les zones éclairées, toute la clarté suspendue, toute espérance ? L'extérieur avait disparu.

La pendule sonna dans la pièce hermétiquement close ; c'était un objet neutre, fonctionnel, un disque indiquant la marque Jazy et, simplement sur un fond blanc, finement gradué, les aiguilles noires. La grande aiguille fut droite, en ce point médian du cadran qui a donné aux hommes le modèle de la fatalité et celui de la justice. L'aiguille franchit ce cap puis elle resta, comme en suspens, une fraction de seconde avant que les coups ne retentissent. Il semblait n'y avoir aucun rapport entre ce mouvement mécanique et la réalité si confuse, si complexe du temps.

L'heure sonnait aussi sur le bourg. Tout à l'ouest, à ce qui paraissait l'extrémité du ciel, une flaque rouge qui correspondait à l'inflammation des nuages, brilla au milieu des teintes prune. Les sons des cloches mirent davantage de temps à se dissoudre. Ils racontèrent d'obscures histoires de glas, de chevalerie. Tout ce qu'on a inventé pour ces moments. Des amants au tombeau et des roses pour les fleurir.

Dans le petit cimetière du bourg, les barres parallèles des ombres, si nettes il y avait quelques instants, allongées sur le même côté, vers la gauche, s'étaient résorbées sur le sol. Quelques personnes finissaient d'arroser les pots, des personnes qui étaient sorties en profitant de la tardive fraîcheur du crépuscule, et elles laissaient pensivement la terre s'imbiber et noircir (le surplus de l'eau était vite absorbé par les couches sableuses). Elles replaçaient les pots avec un grand souci décoratif. C'étaient de ces personnes qui n'aiment pas le vague des chagrins, qui aiment les choses tangibles. D'ailleurs elles ne souffraient presque plus. Les grandes douleurs s'étaient éteintes. Elles avaient recommencé à vivre et à se faire toutes sortes de soucis. Elles allaient et venaient, elles ôtaient les feuilles sèches, elles n'étaient pas pressées (on prendra le temps, le temps de mourir). De petits oiseaux remuaient et chantaient dans l'épaisseur des cyprès.

Elles appréciaient la couleur vive des géraniums qui contrastaient avec le marbre gris et biseauté des tombeaux neufs. Les boules gommeuses des cyprès mettaient partout comme une odeur d'été, de plage, de résine.

*

Florence Morineau commença de déboutonner sa blouse.

Dans son commerce, le travail se poursuivait bien après l'heure de fermeture.

Après avoir nettoyé le comptoir, elle commença machinalement à rapporter les invendus, les escalopes, les faux-filets, les tournedos et le foie vers la chambre froide.

Quand elle tira la lourde porte, des ondes glaciales s'en échappèrent ; on vit pendre aux crochets dans la buée de congélation, comme dans le conte de Barbe-Bleue, des morceaux taillés puissamment, des pieds de cochon, la chair ligneuse et tendre de l'échine.

Sa poitrine fut saisie dans le corset du froid. Comme dans le conte, il lui sembla avoir une confuse révélation.

2

— Neuf heures, pensa Patricia Saint-Ollier. Comment se fait-il ?

Depuis de longues minutes, un magazine était ouvert sur ses genoux sans qu'elle le regardât. Elle ne faisait même pas mine de le lire. Elle attendait. Elle était plongée dans l'attente, dans la douleur de l'attente. Cette attente annulait tout de la réalité, jusqu'à son corps — l'attente, en nous, comme le mouvement et la tension de l'esprit pur. C'était comme si son corps n'existait plus. Elle attendait tellement qu'elle n'entendit même pas le téléphone sonner.

Il fut pourtant audible dans le calme du crépuscule. La sonnerie venait de l'intérieur de la maison mais, comme les portes étaient ouvertes, elle retentit si fort dans plusieurs jardins contigus que plusieurs personnes sursautèrent.

— Le téléphone ! cria la petite fille.

Elle laissa tomber sa poupée ; mais la voix de sa mère cria depuis la terrasse : je décroche !

— J'y vais, ne bouge pas ! J'y vais ! cria Patricia Saint-Ollier en direction de son mari. Ne te dérange pas, j'en ai pour une minute.

Elle alla vivement vers l'entrée, franchit le seuil, se dirigea dans l'ombre vers le combiné (et, pendant qu'elle se dépêchait, elle se disait que la chaleur ralentissait les mouvements, qu'elle rendait paresseux, que son mari ne la suivrait certainement pas).

Lorsqu'elle entra dans la maison, elle sentit fortement sa fraîcheur. La maison ressemblait aux maisons d'été. On entendait le bourdonnement de mouches posées verticalement sur les rideaux, ou sur le tissu pâle des abat-jour. Il laissait pressentir à l'intérieur du monde connu des myriades de mondes résistants, minuscules, toute une vie étrangère et rétive. Pendant le jour, les volets étaient restés fermés. Maintenant qu'ils étaient ouverts, la clarté du soir n'avait plus la force de rentrer. Elle glaçait les accoudoirs et le buffet d'une vague transparence. Elle tombait sur les épaules, sur la poitrine.

Lorsqu'elle décrocha le combiné, elle avait pris la précaution de refermer la porte ; elle tremblait légèrement.

— Allô, dit la voix de l'homme. Je peux te parler ? Tu es seule ?

— Oui, dit Patricia Saint-Ollier.

— Je t'appelle d'une cabine ; je n'ai pas beaucoup de temps. Écoute, j'ai réfléchi, dit l'homme. J'ai beaucoup réfléchi, et je crois que les choses entre nous ont changé. Enfin, moi, je suis arrivé à cette conclusion... Tu seras d'accord avec moi ; ça ne peut plus continuer ; ça ne nous mène à rien. Il faut regarder les choses en face... Parle-moi, Patricia, tu m'entends ?

« ... Bien. Tu ne veux pas parler. Je vois que c'est toujours pareil. Tu pourrais essayer de comprendre. Fais un effort. Je n'ai pas beaucoup de temps. Je te l'ai dit. De toute façon, j'ai pris ma décision. Ces choses-là ne peuvent pas s'éterniser. Tu sais bien. Tu m'entends ? J'étais sincère. Je t'ai aimée.

*

Dans les livres, les choses s'arrangeaient comme il faut, se disait Claire Lansiot. Mais pour nous ! Le refus est toujours le plus fort. On dirait presque...

Elle fit un effort. Elle se souvint, comme dans un brouillard, d'avoir entendu l'heure sonner.

Elle pensait au professeur, à l'automne, à la Jaguar — qui ne gâchait rien, il faut l'avouer. Dans la réalité, ce n'est jamais aussi facile. Dans la réalité...

Elle pesa des deux bras sur les accoudoirs et fit basculer le relax. Pour lire, on n'y voyait même plus suffisamment, et ce qui se passait après la scène du Ben Nevis n'avait de toute façon plus aucun intérêt.

Elle se secoua, se redressa, enfila ses sandales. Il était temps de préparer le dîner. Dans la réalité, se disait-elle, je me demande... Au fond, nous n'avons pas besoin de la réalité, pas tant que ça. Voilà la vérité. Nous ne pouvons pas la supporter. Nous sommes des Chouans. De vrais sauvages. Nous aimons regretter, nous aimons refuser ; nous préférons ce qui n'existe pas à ce qui existe.

Mais elle sentait toujours, bien au centre de sa personne, légèrement au-dessus des poumons, cette oppression, cette poche de sang et de vide.

★

Et pourtant, c'était un beau soir, un soir fait comme pour un amour de roman. Les soirs d'été, on les croirait faits pour nos rêves : tant de paix et tant de clarté. Tout immobile. Les hommes assis dans leurs jardins comme les dieux de l'ancienne Grèce. On dirait que plus rien ne nous sépare du cœur de nos désirs. Le soleil descendu avec un mouvement régulier sur cette campagne rase, avec ses champs bien clôturés, ses merisiers, ses noisetiers serrés, et les haies du bocage sur lesquelles les mûres de saison commençaient déjà à noircir ; le mouvement, sur la côte de La Châtaigneraie, de l'éolienne. Le soleil rejoignant sa base, atteignant son point le plus bas, ce point d'obscure connaissance, d'obscure tangence, se couchant dans nos cœurs plats comme des champs, dans nos cœurs secs et remués comme de la terre.

Et le ciel au-dessus, les hommes tranquilles le regardant...

Ce ciel de la couleur du sang versé pour nous. *En mémoire du sacrifice d'Abraham, de celui que T'offrit Melchisedech ton grand-prêtre, en signe du sacrifice parfait.* Souviens-Toi de nos frères qui se sont endormis dans la paix... ces mots vinrent machinalement aux lèvres des vieilles dames.

Elles réfléchirent un peu, et dans leur grande humanité elles ajoutèrent avec sagesse :

Et souviens-Toi aussi de ceux qui ne se sont pas endormis dans la paix. Souviens-Toi de tous ceux qui nous ont quittés dans l'angoisse. Il y en a bien davantage. Les hommes ne meurent jamais paisiblement. Tu sais bien que ce n'est pas vrai.

Souviens-Toi de nous quand Tu seras dans le Royaume que Tu promets ; nous avons besoin de pitié ; nous avons besoin de pardon.

3

— Allô, dit l'homme. Si tu ne réponds pas, je raccroche. Je t'appelle d'une cabine.

L'ombre gonflait les arbres de moitié ; elle étendait partout de tentantes alcôves — autour des branches de sureaux, des châtaigniers, autour des meules rondes des chaumes, autour des animaux couchés. Petit à petit, le troupeau s'était rapproché des haies. Les bêtes remuaient leur mufle étroit contre les branches les plus basses, Patricia Saint-Ollier les voyait par la fenêtre — et elle aperçut aussi une tache claire, sur la pelouse, assez grande, avec une toute petite tache claire à ses côtés — et c'étaient Bénédicte et sa poupée.

Bénédicte était toujours avec cette poupée ; tous les jours, immanquablement, quand on lui demandait ce qu'allait faire la poupée, quelles seraient ses occupations, la poupée devait se rendre au bal.

— Elle ne pense qu'à ces bals. Elle rêve, se dit Patricia Saint-Ollier. Elle vit dans son rêve ; elle est si petite !

Elle en conçut, à voir ces deux taches menues et claires, un surcroît de chagrin.

Les moindres buissons semblaient couverts d'une végétation parfumée, volumineuse, et maintenant son corps se sentait vide et seul. Car le soleil était passé derrière la ligne des maïs. Et la nuit allait venir, elle n'arriverait pas à dormir et, peu à peu, dans le noir parfumé, vers deux heures ou trois heures, les dernières fenêtres éteintes, même celle du pharmacien qui veillait tard, le bourg serait noir dans la nuit d'été, dans une ombre éclairée par tous les astres invisibles. Et il y aurait tous ces bruits dans les chambres, ces papillons de nuit frottant le bois des plinthes, ces araignées montant le long des murs.

— Tu ne veux rien me dire ? dit l'homme. Rien ? Pas un mot ? Ça c'est un comble !

*

Il y en a qui ont peur, se disaient les vieilles dames. Il faut comprendre. On ne voit plus rien, plus rien du tout. Les jours commencent à raccourcir. À quelle heure est-ce que la nuit tombe ?

On ne sait pas ce qu'il y a de l'autre côté. Personne n'en revient. Et puisque Tu es Dieu, Tu pourrais l'empêcher. Tu pourrais éloigner de nous l'affreux calice.

Il y avait du bruit dans les fleurs. Comme elles y voyaient moins, elles se tournaient vers ce qui palpitait si près d'elles, des bourdons ou des guêpes qui pesaient sur les tiges. Elles ne les distinguaient pas bien et leurs visages qu'elles ne surveillaient plus prenaient un air inquiet, souffrant.

(Mais elles avaient été heureuses, elles l'avaient été, se disaient leurs filles. Au bout du compte.

Pour juger d'une vie, il faut considérer l'ensemble. Il faut compter aussi les petites choses, ce qui n'a l'air de rien.)

Et elles vivaient. N'était-ce pas le plus important ?

Vivre !

L'eau se dressait tout droit en l'air, déployait les couleurs du prisme, recueillait tout le résidu de lumière en suspens, des éclats de vert tendre, des jaunes, mais la pelouse paraissait grise et les roses, d'une si belle couleur fuchsia, avaient noirci. Le jet d'eau se couchait sur le sol, frappait la paume large des feuilles de plantes décoratives. Toute la plante en tremblait comme un animal.

Elles vivaient ! se disaient les filles, elles allaient tous les dimanches à l'église. Elles savaient bien qu'il ne faut pas désespérer. Qu'est-ce qu'elles voulaient de plus ? Qu'est-ce qu'elles voulaient encore ?

L'ombre faisait venir des idées noires.

4

La porte de la chambre froide était extrêmement lourde et la poignée articulée d'un difficile maniement. Pour la troisième fois, Florence Morineau la poussa en s'arc-boutant. La buée glaciale se répandit comme une fumée ; elle parut presque solide ; un nuage de condensation envahit le couloir, sembla stagner dans l'air. La bouchère le reçut brutalement dans la poitrine.

Et elle se dit qu'avec ce contraste si violent, cette glace après la canicule, on pouvait attraper n'importe quoi, absolument n'importe quoi. Une pneumonie. Une pleurésie. Elle s'affolait. (C'était un mot qui faisait peur. On pensait à des gens pleurant tout le temps, à certaines sortes de chagrins insupportables.)

Ses mains tremblaient ; elle verrouilla nerveusement la porte et s'appuya, dos au battant. Le comptoir était maintenant net et vide.

Par la fenêtre, elle vit le donjon triste de l'église et, sous un auvent de garage, brutalement apparue, toute petite et pourtant modifiant entièrement les proportions de la place, la première ampoule électrique.

★

— Tu ne réponds pas ? dit la voix de l'homme.

Il attendait encore. Il était peut-être encore temps de parler, temps de dire, essayer de dire, de dire quoi ?

Et moi ? moi ? mais quoi dire ? Qu'est-ce qui peut être dit de ce qui ne se mesure pas ? Que sommes-nous quand l'amour nous est retiré ?

Je suis l'ombre, pensait Patricia Saint-Ollier, une femme à qui cet homme ne prendra plus la main. Je suis les arbres qui attendent ; cette noirceur des feuilles qui reposent dans le vide obscur et parfumé, sans rien pour les soutenir.

Je suis le bœuf qui vient d'être abattu.

Je suis le soir.

Je suis la solitude.

— Même pas un mot ? Tu sais que je ne rappellerai pas. Je ne supporte pas ce chantage ; je vois bien ce que tu cherches à faire, m'apitoyer. Dans ce cas je vais raccrocher, dit l'homme d'une voix basse, étrangement neutre. (Il parla bas, comme à une folle, à une malade). Je regrette.

« Je te préviens, Patricia, je vais raccrocher.

Le combiné émit une tonalité, à rythme continu. La femme resta quelques secondes à l'écouter, comme pour se persuader de la réalité de cette petite sonnerie, comme pour s'assurer de son malheur, se persuader que d'autres mots auraient pu être dits, parce que de cet appel aurait pu sortir autre chose. Puis, comme elle pensait que l'occupation de la ligne empêcherait l'homme, éventuellement, de rappeler, de se racheter, de recoudre l'interne et sanglante blessure, elle raccrocha le combiné. Elle resta quelques minutes à regarder le téléphone. Comme rien ne venait, elle revint vers la porte. Et là, encore un peu, sans plus d'espoir, elle attendit.

Quand elle sortit, le jardin était enveloppé dans le silence ailé du crépuscule. On avait allumé les ampoules de l'éclairage public. Les bruits semblaient crever à la surface de l'eau comme des bulles. Toujours les bruits d'enfants qui jouaient et la pression de l'eau qui touchait l'herbe et le gravier, son frémissant contact avec les choses.

— Maman, dit auprès d'elle la petite fille. Maman, où tu étais ? ça a duré longtemps. Je t'attendais. (Sa voix fut joyeuse, très claire. Elle avait oublié le foie ; elle vivait dans l'instant.) Regarde, maman !

Et elle ouvrit les mains. Dans le creux de ses mains tremblait un tout petit papillon crème ; il s'éleva un peu et il dansa dans l'air, dans la pénombre, comme un pétale de fleur, presque phosphorescent.

— Un bébé, dit la petite fille. Je n'ai pas voulu le garder. Les papillons sont mieux dehors ; ils sont plus libres ! Ils sont heureux, ils peuvent voler. Hein, maman !

— C'était une erreur, articula Patricia Saint-Ollier, en regardant la bordure de la haie, beaucoup plus sombre que le ciel. (Son visage était pâle dans la demi-obscurité. Avec ses cheveux tirés en arrière, elle paraissait avoir vieilli.) J'en ai profité pour appeler Sylvie. Je dois la voir mercredi. C'est très bien, dit-elle au hasard, à l'adresse de sa petite fille.

Elle avança un peu, elle atteignit la table de jardin, la chaise où tout à l'heure elle était assise. Elle s'assit lourdement.

À la radio, ce fut une nouvelle chanson, très joyeuse, celle-là, très rythmée.

5

— Jean-François est en nage, il ne faudrait tout de même pas qu'il se refroidisse ! fit remarquer la vieille madame Hubert à sa fille. Tu devrais lui dire de rentrer. Un chaud et froid, c'est ce qu'il y a de plus mauvais.

Elle attendit un peu ; sans rapport apparent, elle enchaîna :

— Ça donnerait presque envie de danser, cette musique... Ce que j'aimais danser ! J'adorais ça. Il fallait voir !

Mais sa fille le savait parfaitement et ne montra pas le moindre début d'attention. (Elle raconte toujours la même chose, pensait sa fille. C'est l'âge. C'est triste. Elle se répète. Il n'y a rien à faire. J'espère que je ne finirai pas par lui ressembler.)

— Tous les samedis, continua donc madame Hubert avec un beau sourire, sans se décourager. Jusqu'à des deux ou trois heures du matin. On allait au bal de Lhommeau, juste après guerre. On peut dire qu'on n'était jamais fatigué. Danser, moi, ça m'a toujours remonté le moral. C'est peut-être ce que je préférais dans la vie. Comme quoi... (Elle eut un petit rire ; elle ajouta comme pour elle-même :) on en a quand même profité. Bien profité. On n'a pas eu à se plaindre.

Puis autre chose qui ressemblait à « pas difficile » ou « pas si difficile ».

Elle se mit à chantonner — elle roulait les « r » avec affectation, avec âme (pensait-elle), marquant le rythme (elle eut l'air un peu ridicule). Mais c'était une valse. Elle chanta : « *Heure exqui-se qui nous gri-se...* »

La suite se perdit dans une sorte de son filé, chevrotant, qu'elle espérait extrêmement suave (mais on est toujours un peu ridicule quand on aime).

Elle raffermit sa voix, articula : « *len-te-ment* »...

Elle laissa un petit silence pour que le mot produise tout son effet.

Il retomba dans le vide.

Alors, avec un soupir très senti, madame Hubert se saisit du journal. Pendant un assez long moment, il n'y eut pas un mot d'échangé. Elle lut le journal, elle commença naturellement par les programmes du soir à la télévision puis remonta vers l'intérieur, en repliant les pages l'une après l'autre. Elle faisait du bruit avec intention. Sa fille lisait le magazine *Elle*, sans réagir.

— Ça continue ! lança soudain madame Hubert avec consternation. Les Bosniaques et les Serbes. Écoute ça !

Et elle lut sur un ton monotone :

— Plusieurs personnes *d'un certain âge*, assassinées. (Elle appuya sur « *certain âge* » : c'était la périphrase prudente et distinguée qu'elle s'appliquait personnellement. Elle se sentait atteinte.) *Cinq personnes ont été retrouvées, atrocement mutilées. Elles sont des milliers en Bosnie à souffrir de la violence des affrontements.* (L'expression semblait vide, comme la plupart des formules de journal. Elle répéta :) *la violence des affrontements* (et ajouta :) bande de sauvages !

« Sais-tu où ça se trouve, la Bosnie ? Vers le nord ? On ne parlait pas de ce coin-là dans le temps. Ah la guerre ! commenta pensivement la vieille dame.

Christine Roux, née Hubert, n'avait aucune idée précise sur la question. Elle avait pris plusieurs kilos pendant l'hiver, des kilos mal placés. Or, les modèles de maillots de bain supposaient des silhouettes *idéales*. Elle se sentait très énervée. Or, elle avait besoin de calme. Il fallait bannir les soucis car la beauté commence par la sérénité. Elle l'avait lu dans le magazine *Elle*. Et sa mère l'énervait *prodigieusement*.

— Les Serbes, reprit madame Hubert sans s'en apercevoir, ce doit être à peu près le même genre que les Allemands, je veux dire, le même genre de personnes. C'est dans le même coin. C'est comme en 45. Je serais toi, je ferais rentrer Jean-François ; je me demande si cette chaleur ne va pas tourner à l'orage.

— Ah, dit sa fille impatientée. La guerre, toujours la guerre ! Mais enfin, maman, regarde ce ciel. Tout est calme. Il n'y a absolument aucun risque. D'ailleurs, à la radio, ils n'ont rien annoncé. Elle est finie, ta guerre ! On est en paix maintenant ; on a d'autres choses à penser.

Christine Roux, née Hubert, pensait à son régime ; elle le commencerait dès ce soir. Elle ne mollirait pas ; elle aurait de la volonté, pour une fois. Elle se voyait aux Bahamas, maigrie et les cuisses fermes dans le petit deux-pièces à fleurs de la page 43.

— Libre à toi de le penser, lui rétorqua sa mère. Tu n'as pas vu ce que *j'ai vu :* crois-moi, c'est une grande chance. C'est déjà beau de se souvenir de quelque chose, d'ailleurs. Tu verras à mon âge.

« Si tu y arrives, ce qui n'est pas sûr. Personne n'est sûr, fit observer madame Hubert en posant son journal.

Personne n'est sûr de rien.

Et sa bouche se pinça comme chaque fois qu'elle disait quelque chose de profond, et de désagréable.

6

— Une erreur, répéta Patricia Saint-Ollier, une fois assise. (Elle s'éventa d'un geste de la main, et soudain, volubile :) le nombre de gens qui appellent, qui se trompent de numéros, qui cherchent peut-être à savoir si les maisons sont occupées, on n'imagine pas ; ça arrive tout le temps, ces erreurs. C'est énervant ; ça oblige à se déplacer. On se dérange ; on se met en retard. Ces personnes ne s'excusent même pas. Et, dit Patricia Saint-Ollier (très rouge, très agitée), ce sont toujours des hommes qui appellent ; je suis sûre qu'ils cherchent à savoir si la maison est vide, comme ça, dans la soirée ; moi, ça me fait peur. Il y a des hommes qui cherchent à faire du mal, qui cherchent à vous détruire.

— Mais quelle idée ! dit son mari. Tu es nerveuse. C'est cette chaleur. Comment veux-tu ? Ici ? C'est absolument impossible. Il y a des gens partout. Regarde autour de toi. Tu ne crains rien.

(On entendit encore les enfants qui criaient, les balançoires qui faisaient grincer les portiques. Les gens, autour, étaient heureux, avec le soir, si doux. Les gens étaient en paix. L'idée parut stupide.)

— Les papillons, dit la petite fille, je trouve qu'ils sont mieux libres. (Sa voix montait d'en bas ; elle était maintenant allongée en travers de la chaise et elle faisait semblant de nager.) Quand j'en attrape, je les relâche toujours. Comme ça, ils peuvent voler ; ils peuvent voler, répéta la petite fille, battant des jambes, extrêmement satisfaite.

Puis elle se tut. Dans le demi-jour, elle venait d'apercevoir quelque chose dont elle n'était pas sûre. Sa bouche s'arrondit car c'était quelque chose d'extrêmement inhabituel, qui lui fit peur. Une lave chaude sortie du foyer de son cœur inonda sa poitrine :

— Maman, dit plus doucement, avec reproche, la petite fille.

Mais sa mère repoussa d'un coup brusque la table, courut vers la maison.

L'extérieur ne fut plus que de la confusion. Dans l'ombre douce et parfumée où la pluie des jets d'eau venait toujours donner aveuglément, régulièrement, contre les feuilles, monsieur Saint-Ollier prit sa main :

— Viens, dit-il, maman n'est pas bien, il faut la laisser. Tous les deux, on va aller voir le lapin. Il y a un lapin dans la haie ; je l'ai repéré il y a deux jours. Est-ce que je t'en ai déjà parlé ? Tu verras comme il est mignon. On voit sa petite queue blanche.

— Pourquoi elle pleure ? demanda la petite fille.

— Elle est très fatiguée, expliqua monsieur Saint-Ollier. Tu n'es pas assez sage, aussi. Si tu obéissais, elle ne serait plus triste. Tu pourrais bien faire un effort. Pour le foie, par exemple. C'est bon, le foie ; ça fait grandir ; ça contient des tas de choses, des protéines, du fer. C'est sain. Je suis sûr que le lapin aime le foie. Beaucoup de lapins voudraient être à ta place.

— Ça m'étonnerait, dit la petite fille.

Mais elle prit la main qu'on lui tendait, et même elle la serra.

Ils marchèrent tous les deux le long de la haie, et ils se tenaient par la main. Ils cherchèrent le lapin. Comme il faisait très noir, ils écartaient soigneusement les branches. Ils se courbaient pour regarder par en dessous. Ils n'avaient pas envie de rentrer. Par moments, ils fermaient les yeux à cause des épines, de leurs extrémités pointues.

Quand il fait noir, si on ne fait pas très attention, on pourrait se crever les yeux comme un rien.

★

Il y eut un moment de silence. Puis des hurlements d'enfants éclatèrent. Probablement une dispute. Bousculé par un grand, un petit était tombé par terre, et il hurlait avec stridence pour culpabiliser ses tortionnaires. Il y réussissait très bien.

On entendait les voix aiguës qui venaient du trottoir.

— *La fessée ! Vous allez avoir la fessée !* criaient les mères aux enfants qui criaient. *Vous allez voir ! Ils sont insupportables avec cette chaleur ! Rentrez-les-*

jouets-lavez-vous-les-mains-ou-c'est-la fessée-immédiatement-Immédiatement-je-dis-bien ! Une-bonne-fessée-vous-allez-voir-si-ça-vous-calme !

Elles se mettaient à crier dans l'exaspération, au hasard, de derrière les haies, un peu ridicules, en faisant de grands moulinets de bras comme des pantins. Les enfants avaient honte pour elles. Ils sentaient bien qu'elles y perdaient leur dignité, même leur beauté. Ils en souffraient. Les mères devraient être si belles ! Elles ne devraient jamais crier, pensaient gravement les enfants, toujours sourire avec des gestes doux et calmes, comme lorsqu'elles apportent la tarte, comme lorsqu'elles voient leurs amies et qu'elles parlent sans surveiller, sans penser, sans chagrin.

Mais maintenant le mal était fait. Les cris portaient très loin. On aurait dit que le ciel les aspirait. Il avait absorbé aussi l'or mouillé des petits nuages.

Au bout d'un certain temps, à force de crier, intimidées peut-être par leur voix, les mères s'arrêtaient, se laissaient tomber sur leur chaise. Dans la semi-obscurité, des gouttes pleines de lumière tremblaient sur la pointe des feuilles de thuyas, à l'extrémité des pétales de fleurs, comme des larmes.

— On s'aimerait, pensaient tristement les enfants en ramassant leurs jeux. Il n'y aurait jamais de cris ; la nuit ne viendrait pas.

7

Des hommes prirent une décision. Ils se levèrent, traversèrent les jardins, fermèrent le service d'eau, allumèrent les ampoules extérieures des maisons. Une lumière très jaune se répandit en un grand cône brillant et velouté sur le gravier et sur les roses.

Le plumeau de l'eau s'affaissa, le tuyau bavait encore un petit peu ; les dernières gouttes rinçèrent de petits cailloux blancs vers lesquels les vieilles dames se penchèrent avec incertitude, se demandant si elles n'avaient pas perdu quelque chose, une pièce d'un franc ou un bouton, précisément celui qui fermait leur gilet.

Le bruit de l'arrosage cessant, le silence parut complet. Des chats, en s'étirant, griffèrent la pierre des clôtures. Puis ils s'assirent, reformèrent leur queue en rond, et leurs yeux précieux et sagaces commencèrent à briller tandis que s'élargissait au-dedans la fente noire de la pupille.

Alors les mères, assises, étendant pour les reposer leurs jambes pâles, sentirent l'herbe mouillée et frissonnèrent :

La nuit bien sûr serait trop chaude ! C'est pourquoi les enfants étaient si énervés. Mais un peu de vent se lèverait sans doute vers deux heures.

Comme toujours, les belles nuits au cœur de l'été, il y aurait des morts sur les routes. Des jeunes qui revenaient des bals des environs. Ils buvaient. Ils buvaient beaucoup trop. Ils appelaient ça des *drinks*, mais c'était boire. Ils dansaient jusque vers trois heures. Puis ils allaient se jeter dans les virages, dans les murs des propriétés, l'alcool et la chaleur aidant. L'été, le sang est chaud, il gonfle un peu le cou et les chevilles ; il étourdit. Les petites routes, la nuit, ne sont pas éclairées et les arbres sont immobiles.

Dans les phares des voitures de gendarmerie, les morceaux de verre éparpillés avaient l'air de diamants.

Voilà, pensaient les mères, le véritable résultat de cette chaleur, ces bals publics... ces jeunes... ces accidents... Les pierres des murs leur faisaient éclater la poitrine... ils mouraient sur le coup, l'ambulance arrivait quand il était trop tard.

Tout ce verre sur la route, on aurait dit un lustre.

Comme par un fait exprès, la radio repassa le slow qui avait tellement de succès dans ces bals. On l'écoutait jusqu'à dix fois par nuit, expliquait le présentateur. On ne pouvait pas s'en lasser. Des auditeurs avaient téléphoné de partout pour en faire la surprise à des auditrices, à leurs amies, leurs fiancées.

Pour Chantal, dit la radio, *pour Marie-Christine.*

Alors, les mères se souvinrent tout à coup qu'elles avaient perdu leur beauté. Sur leur front, autour de leur bouche, de leurs yeux, il y avait des rides. Les chansons des disques n'étaient plus pour elles. Maintenant les hommes les croisaient dans la rue sans les regarder. C'était venu. C'était arrivé. Un beau jour, il vous pousse un cheveu blanc raide et dru. On ne voit plus que lui. On dirait qu'il vous pousse au milieu de la figure. C'est comme l'aiguille de la balance ; ça porte au cœur. On a beau essayer de se détourner de soi, s'occuper des enfants. Un jour ça finit par venir. On essaie de ne pas y penser. On fait le ménage. C'est fou ce que la poussière s'incruste ! On fait les lits ; on fait les courses. On est comme devenu neutre. Petit à petit, la poussière vous tient compagnie, les arbres, le paysage, on est si seul. On finit par parler tout seul ; c'est épouvantable comme on est seul. Les enfants grandissent.

Parfois encore, bien sûr, surtout le dimanche, après les déjeuners de famille, les maris, au moment du café, allongent un bras dans votre dos, le laissent étendu là, sur le dossier de la chaise...

Mais ce n'était plus pareil.

Les maris restaient tard le soir, devant le poste, à regarder les actrices. Celles-là ne vieillissaient pas. On ne pouvait pas empêcher ça, surtout pas ça, la très grande beauté des actrices. On ne pouvait pas l'éviter.

On ne peut pas éviter la beauté, ni le mal absolu qu'elle nous cause.

Le slow était fini mais sa musique était si douce que, déjà, on la regrettait. On aurait dit le cœur qui bat tout simplement. Le mouvement enfin perceptible, dans sa résonance juste.

Sur les façades blanches comme des écrans, l'ombre des poteaux électriques montait, montait, s'effilait, se courbait sur la pente des toits, finissait dans le vide.

8

— On ne voit pas le lapin, dit la voix de la petite fille (une voix menue, découragée, absorbée à moitié, eût-on dit, par le soir). Peut-être qu'il est parti. Ou peut-être que maintenant il fait trop noir. Où est le lapin ? Tu m'as promis. Je veux le voir, répéta la petite fille, au bord des larmes.

— Il est allé se coucher, lui assura son père.

Quand il eut expliqué sur quel lit dorment les lapins en quelques mots définitifs, il ajouta :

— Et tu vas faire comme lui. Il faut le laisser tranquille, maintenant. Il doit dormir. La nuit, tout le monde va dormir. Rentre et lave-toi les mains.

⋆

Les vieilles dames se levèrent avec difficulté, à cause des rhumatismes. Elles rentrèrent à l'intérieur des pièces noires comme des tombeaux. Les gazinières et les éviers étaient extrêmement blancs. Les photographies sur les meubles les regardaient avec une insistance bizarre. Mal à l'aise, elles leur tournèrent le dos.

Elles pressèrent le bouton de la télévision, pour avoir les nouvelles du soir.

Les fleurs des haies étaient si pâles qu'on ne voyait qu'elles. On ne pensait plus aux épines et c'est à ce moment-là, toujours, qu'on se déchirait les mains.

Oui, les actrices savaient y faire. Elles souriaient de toute leur bouche peinte, dilataient leurs yeux, battaient des cils. Et les hommes restaient à les regarder sans bouger, avec une extrême attention, comme s'ils avaient voulu tout à coup n'en rien perdre, comme si un dieu secret venait de leur apparaître.

Les télévisions allumées diffusèrent des publicités d'aliments pour chats, ou de voitures, ou de shampooings. Les chats publicitaires, lustrés, énigmatiques, coururent avec un immense appétit vers des boîtes de rognons de bœuf. Des femmes secouèrent l'exceptionnelle lumière qu'un shampooing avait mis dans leurs cheveux.

— Vous aussi, vous pouvez, dirent des voix d'hommes, vous aussi, mesdames.

Des cuillers s'enfoncèrent dans la consistance onctueuse de yaourts bulgares. Des familles joyeuses, équilibrées, vivant dans des pièces claires, résolument modernes, mangèrent des produits savoureux, en réclame.

Ce fut le journal du soir : des hommes en costume sombre se serrèrent la main dans la lumière des flashes. De voitures renversées sur la route, on sortit des blessés couchés sur des brancards. On survola des camps de réfugiés rwandais. Des bombes tombèrent dans la poussière de villes d'Orient sous l'œil soucieux et distrait des vieilles dames qui surveillaient leur four ou battaient des omelettes, et l'œil hypnotique et rêveur des enfants qui, plantés devant le poste, en pyjama, suçaient leur pouce avec beaucoup de méthode.

— J'en vois qui vont aller au lit, dirent les vieilles dames, l'air entendu et fin. Oh mon Dieu, le soufflé !

Et elles coururent, sortirent le plat brûlant entre deux chiffons ; les Irakiens, les Zaïrois, les Serbes dansaient dans leur esprit : le monde est fou, se dirent-elles ; le soufflé sentait bon, il était réussi.

Par les fenêtres, la campagne hydratée par la nuit était extrêmement calme ; une campagne par temps de paix ; une campagne occidentale. Les arbres embués de nuit avaient l'épaisseur vaporeuse des tableaux de Constable ou de ceux de Corot, dans lesquels ces minuscules taches blanches constellant le feuillage figurent l'irréalité vague des souvenirs. La délicieuse odeur des fours s'y répandait et se mêlait à celle de l'herbe humide, à celle des roses. Les arbres se tenaient comme de grands existants immobiles, expirant d'invisibles nuées de gaz carbonique ; les chats devaient partir en chasse.

9

Les mères ne faisaient plus attention à rien. Peut-être qu'elles rêvaient, qu'elles regrettaient leurs cris ; peut-être qu'elles avaient oublié l'heure.

Si après les fessées on mourait, ce serait bien fait pour elles : on resterait couché par terre.

— Il est mort, madame ; vous avez tué votre enfant, dirait le docteur en regardant le thermomètre. Son cœur ne bat plus.

Alors les mères mettraient leurs mains sur leurs yeux en tremblant :

— Mais docteur, ce n'est pas possible !

— Si, madame. Je regrette. Vous avez tué votre enfant. Voyez-vous, les fessées, c'est mauvais pour le cœur.

On serait mort. Bien fait pour elles.

La petite fille jeta Barbie par terre.

La venue du soir cachait tout. Les ballons devenaient blancs, de la couleur des fantômes. Mais les fantômes existaient-ils ? On aurait dit que le jardin avait grandi. On entendit dans le ciel le grondement d'un moteur. Tout le monde leva la tête, mais l'avion, cette fois, restait invisible. Les pieds des tables et ceux des chaises disparaissaient comme s'ils avaient fondu dans l'air. Et les guêpes aussi étaient invisibles ; elles vous tournaient autour en cherchant les endroits sur la peau ; elles s'introduisaient dans les fleurs ; et les chats qui n'avaient pas mangé venaient se frotter à vos chevilles. Les épines piquaient, les murs cognaient, les chats avaient faim.

L'herbe mouillée faisait pleurer les petits frères. Ils étaient si petits que peut-être ils n'avaient jamais vu de pluie. Ils avaient des pieds blancs terminés par de minuscules orteils, comme les coins des biscuits.

Ils avaient regardé en l'air, tournés vers un point fixe, très calmes, pendant des heures entières, et ils s'étaient mis à pleurer tout à coup.

On aurait dit qu'ils avaient vu des choses affreuses mais ce n'était pas vrai. Puisque rien ne s'était produit.

Les sanglots des bébés paraissaient réveiller les mères. Elles se levaient, couraient vers eux, les soulevaient très en hauteur, les retournaient en l'air et les posaient contre leur joue.

Elles respiraient leur peau, appliquaient la main sur leur front pour sentir s'ils avaient de la fièvre. Froid à ses petits pieds ? chantonnaient les mamans avec la voix spéciale, la voix tendre qu'elles prennent pour les petits.

Les bébés arrêtaient de pleurer. Ils agitaient les mains, contents qu'on s'occupe d'eux. C'étaient des hypocrites. On ne voyait pas bien ce qu'ils faisaient, les mères et les bébés. Maintenant c'était la nuit. On ne voyait presque rien. On entendait seulement les mères et les bébés rire. Heureusement qu'on avait des ours, très doux la nuit, féroces le jour.

Les mères rentrèrent en portant les bébés. Elles les secouaient pour les faire rire encore davantage. Dans l'ombre, quand elles les posaient sur le lit, elles les embrassaient sur les joues, dans le cou, même dans le creux du nombril, et elles les chatouillaient.

Elles allumaient dans les cuisines. La table et les chaises de jardin apparaissaient dans un rectangle jaune. Et toutes les choses qui tournent en l'air, les nuits d'été, les mouches, les guêpes, les moustiques, les papillons de nuit apparaissaient aussi dans la lumière artificielle. L'air impalpable en était plein. On aurait dit, dans le silence, qu'on tournait des feuillets minuscules ; c'étaient des bruits d'existants très ténus, qui faisaient sentir qu'on vivait, qu'on était sur terre.

— À table ! Bénédicte ! cria une voix aiguë.

(Ce fut comme tous les soirs, et ce fut rassurant.) La silhouette maternelle apparut dans la pulpe dorée de l'encadrement de la porte :

— Bénédicte ! Je vais me fâcher ! dit la silhouette.

— J'arrive, dit la petite fille.

Comme d'habitude, elle n'obéit pas tout de suite. Elle laissait un petit décalage. Elle émit un soupir fatigué, exaspéré, un soupir chic, un soupir de personne dérangée dans ses occupations. Elle croisa les jambes et essaya de se hisser d'un coup, par manière de défi personnel. Elle dut s'y reprendre à deux fois.

— Bénédicte !!!

10

Ce fut une nuit d'été, une nuit obscure, une vraie nuit d'août. Dans les petites stations de l'Atlantique, la surface de la mer réfléchissait dans chacune de ses inflexions, mêlée à la noirceur de l'eau, la blancheur vague qui venait des étoiles et les rayons très orangés des réverbères. Des caboteurs passaient avec un petit bruit. L'humidité calmait les brûlures de la peau. Sur les fronts de mer, les gens regardaient les étoiles ; ils essayaient de se représenter la distance qui nous en sépare ; ils essayaient de reconstituer en imagination, dans le vide noir de l'univers, des milliers d'énormes planètes en mouvement. Mais c'est extrêmement difficile, au point qu'on peut se demander si la science ne nous raconte pas des histoires.

S'ils avaient été seuls au monde, ils auraient toujours cru plutôt à une terre plate ; ils auraient cru à ce qu'ils voyaient tout simplement ; ils auraient cru au ciel comme à une gigantesque toile de fond. Ils auraient cru que le monde était un décor, un spectacle. Le décor de leur vie, la magnifique toile de fond de leur âme. (Leur âme était grandiose, ils le sentaient, tournée vers l'infini.) Ils remarquaient qu'à la différence des journées, toujours plus ou moins traversées de nuages, le grain des belles nuits était uni, sans accident, sans déchirure ; il touchait à la perfection.

Ce fut une nuit de plus.

Le cœur la but comme la terre absorbait l'eau de l'arrosage. Le cœur s'y engagea courageusement comme dans la vérité de l'amour, comme dans toutes les nécessités de la vie.

L'éclat de la lumière allumée dans les maisons empêchait de voir les arbres et même les étoiles. Elle éteignait tout le rayonnement du monde naturel. Elle aveuglait.

Les chats sautèrent des arbres, trottèrent sur les pelouses, et tournèrent vers le monde nocturne leurs yeux de prédateurs étrangement phosphorescents. Les chiens s'assirent au pied des maîtres, et ils les regardèrent d'un air doux et patient en poussant de petits gémissements étudiés. (Obtenir une pâtée dans le réel n'est jamais aussi simple que dans la vie des bêtes publicitaires.)

Pendant tout un moment, un peu partout, des choses précises furent faites dans l'ordre. Des tables furent dressées. On apporta des piles d'assiettes. On disposa de chaque côté les fourchettes et les couteaux. Des salades furent tournées. On entendit le crépitement des feux qui grillaient, dans plusieurs jardins, la matière épaisse des viandes.

Les dîners commencèrent quand on voyait encore la forme de ce qu'on mangeait. Ils se prolongèrent parce qu'on était bien ; ils durèrent jusqu'à ce que la nuit fût entièrement noire et qu'on eût l'air de remuer, avec un bruit de fer sur la faïence, beaucoup de mystère. Et les voix continuèrent assez longtemps, avec une insouciance revenue, un timbre bas et joyeux. C'étaient des voix de personnes qui dînent, des voix alternées, policées, de niveau médian. Ce furent des bruits de société humaine comme il y en a partout depuis les origines du monde. Les bruits des hommes mangeant à Pompéi, dans les soirs calmes de la baie, devaient avoir ce timbre rassurant.

Un peu de brise monta et fit remuer les feuilles.

Sur le gravier précieux, doré par la lampe extérieure comme le sable d'une allée de château, Barbie était couchée face contre terre, les cheveux éparpillés, une jambe repliée comme un cadavre minuscule.

— Un dragon l'a tuée mais le prince la ressuscitera en l'embrassant ; il l'embrassera sur la bouche, décida la petite fille. C'est comme ça qu'il doit faire.

Elle sautilla sur les pas japonais du jardin, rentra dans la maison, s'engagea dans le couloir, poussa une porte. Elle avança vers le lavabo blanc ; elle se mit sur la pointe des pieds, tourna le robinet et tendit ses poignets sous l'eau froide. Elle la laissa couler un certain temps mais elle ne jugea pas utile de recourir au savon. Pour se laver les mains, elle se contentait du bruitage. Pendant que l'eau coulait, elle se regarda dans la glace ; elle se sourit, fronça le nez et se fit, pensivement, une horrible grimace.

Puis elle pensa au foie, et son visage reprit son expression normale.

Une bête ailée posée en travers de l'émail fut entraînée par l'eau ; la bête trembla, roula sur le côté et disparut par le siphon.

— Elle est morte, dit la petite fille.

— À table ! cria une voix. J'en ai assez !

11

Claire Lansiot saisit une portion de melon, très juteuse (probablement pleine de sucre ; très bien choisie ; elle avait le chic pour les melons). Elle la posa sur son assiette, courbe comme un morceau de lune. Elle s'accouda, joignit les mains.

Elle prenait une décision. Son visage était éclairé ; et on eût dit, tant il parut un instant immobile, que seules au-dessus du triangle formé par les bras, les paupières ourlées remuaient; elle prit une grande inspiration.

À l'intérieur d'elle-même, il semblait qu'il y eût de grands végétaux, tout un parc, tout un jardin, baigné de l'immobile coulée du sang; elle en sentait la masse proliférante et sombre et, au milieu, bien repérable avec son halo de chagrin diffus, le bosquet humide du cœur.

Comme on se sent humide, tout de même, à l'intérieur! Ce doit être le sang. Combien de litres? L'idée, brusquement, lui fit peur.

Alors, dans cette immobilité, dans cette concentration extrême de la nuit, elle eut enfin le courage, blanche comme une ombre, blanche peut-être comme Didon lorsqu'elle fut autrefois décrite par Virgile à cet endroit où les jardins du monde vivant croisaient le promenoir des morts, elle fit résonner le nom qui lui poignardait le cœur. Elle profita de la lumière. Elle essaya de ne plus avoir peur. Elle le dit d'un ton négligent :

— Tu te souviens de Robert Asselmann? Sais-tu ce qu'il est devenu? As-tu eu des nouvelles récentes?

Elle pensa : Je l'ai fait. J'y suis arrivée. C'est incroyable.

— Robert Asselmann? répéta son mari. Ce grand type blond? Non. Perdu de vue; ça fait des lunes; ça doit bien faire dix ans; ça alors! Qu'est-ce qui t'y fait penser?

— Un nom qui ressemblait. Un roman, dit vaguement Claire Lansiot. Je me demandais... ça n'a pas d'importance.

Mais son mari ne paraissait pas écouter :

— Il a quitté la société. Je ne sais pas ce qu'il est devenu. Je me demande s'il ne serait pas parti à l'étranger. Je l'ai entendu dire. Dans le forage... de puits de pétrole.

La douleur qui était concentrée se diffusa à l'intérieur du corps comme une sève, comme un poison ; elle remplit tout l'espace nocturne et liquide qui lui était offert, elle empoisonna le sang noir de ce mot : *étranger*.

Claire revit le moment sur le cours. Il lui sembla que c'était loin, plus loin que les étoiles. Il lui sembla que rien n'avait été. J'ai dû rêver, se dit-elle. J'ai certainement rêvé. (De toute façon, ce n'était pas possible. C'était comme...)

Et comme un signe, comme une preuve, les ombres du jardin se reflétaient, ombres chinoises délicates sur l'écran des murs irisés. On eût dit, à voir ces formes joufflues, de minuscules marquises emperruquées du XVIIIe siècle ; l'ombre était grossie de moitié par rapport à la fleur réelle.

12

Le foie fut posé au milieu de l'assiette, en compagnie d'une pomme de terre fendue en deux moitiés. Dans un silence tendu, la tranche fut arrosée de sang cuit.

— J'aime pas le foie, rappela la petite fille avec beaucoup de fermeté, en baissant le front.

— Tu vas manger ta tranche et ne pas faire de caprices, s'il te plaît, dit sa mère. J'en ai assez de tes caprices ! Tu me fatigues et j'ai bien assez de soucis. Il y a beaucoup de choses qu'on n'aime pas dans la vie. Les trois quarts des choses qu'on fait dans la vie, on ne les aime pas vraiment. Pourtant, il faut les faire. On *doit les faire* pour grandir.

— J'veux pas manger de foie, gémit la petite fille. Ça m'est égal de pas grandir.

Les larmes qu'elle avait retenues sortirent de la bordure inférieure de ses yeux ; elles rougirent la conjonctive, coulèrent le long des joues. Deux ou trois larmes dont le trajet avait une plus grande amplitude glissèrent de son menton, se mélangèrent au sang de la tranche de foie. Mais ceci n'avait pas d'importance car les larmes, comme le sang, sont légèrement salées ; les deux se mélangent très bien, du point de vue du goût.

— Vivement l'école ! dit sa mère ; ça les occupe.

⋆

Pendant que pleurait doucement cette petite fille, les enfants qui avaient mangé vite et avec appétit se laissèrent glisser de leur chaise. Et ils coururent vers le jardin nocturne, vers le jardin tout neuf. Ils coururent vers la ligne où cessait sur le sol la réflexion de la lumière.

Ils se tinrent un moment, les yeux brillants dans le noir, à la lisière. Quand ils franchirent cette ligne, les ombres qu'ils laissaient derrière eux avaient l'air de dessins animés filiformes. On distinguait le semis des étoiles, répandu irrégulièrement dans le ciel.

Alors les petits garçons, l'air brave, s'avancèrent vers les filles pour montrer leur épée de Zorro, raconter des histoires qui font peur. Car le moment était venu (pensaient les petits garçons) de montrer leur autorité à ces êtres méchants, mais impressionnables, qui ne voulaient jamais prêter leurs affaires.

— *Minuit,* clamèrent les petits garçons, l'air brave et inquiétant, *Minuit-l'heure-du-crime-un-voleur-sort-son-couteau-et-perce-le-cœur-d'un-vieillâârd...*

Des papillons de nuit faisaient trembler la lumière rassurante des cuisines. Certains virevoltaient comme des avions. On voyait leur reflet sur le mur, et on voyait aussi la barre noire du fil du linge, celle du poteau, et l'ombre immense des petits garçons qui levaient le bras pour faire peur. On respirait une odeur de fleur arrosée et, pardessus, l'odeur de viande.

— *Perce-le-cœur,* criaient les petits garçons, *le-cœur-d'un-vieillâârd...*

13

— Tu vois l'étoile là-bas ? Si tu montes jusqu'au ciel par une échelle, tu pourras la cueillir, fit observer madame Hubert à Jean-François, à genoux sur un tabouret, plutôt grognon, en pyjama. (Elle fit un geste large et suggestif en direction de la voie lactée :) Cette étoile deviendra un diamant et tu le donneras plus tard à ta fiancée.

« Au lit maintenant, ajouta-t-elle, après cet intermède lyrique.

Elle ferma le volet, l'ajusta fermement par sa clenche. Elle fit disparaître le tremblement doux de la nuit, sa fraîcheur, son parfum végétal. On fut au milieu des choses inertes, construites par l'homme : les meubles en bois, le saint François, pieds nus, parlant à son oiseau, la caisse de Playmobil, et l'ours en acrylique.

— C'est complètement idiot, mamie, fit remarquer Jean-François, toujours à genoux sur le tabouret. Y a pas d'échelle qui puisse aller si haut. Faut une fusée ou une navette spatiale ! (Et il ajouta fermement :) J'veux pas m'coucher. J'ai *pas du tout* envie de dormir. L'été, il y a beaucoup d'enfants qui ne se couchent qu'à minuit. La plupart des enfants, osa-t-il, contre toute vraisemblance.

Par désespoir et par vengeance, il poussa même plus loin le négativisme :

— J'aurai pas de fiancée. Jamais. Je vivrai dans les bois.

J'te tuerai, pensa-t-il, en regardant le lit, d'un blanc vraiment atroce.

*

D'autres vieilles dames occupées à fermer les volets entendirent la voix d'autres petits garçons qui n'étaient pas encore couchés ! Ils ne pourraient jamais récupérer tout ce sommeil manquant. Quel gâchis ! pensèrent-elles tristement. Demain, ils seraient fatigués.

Elles se tournèrent vers la tache brillante du réveil mais le boîtier de verre réfléchissait un éclat trouble. Impossible de lire l'heure. Il était tard. Les bruits avaient diminué depuis que les jets d'eau s'étaient éteints. On n'entendait que les voix d'enfants et la télévision, partout, dans les maisons, la même voix aimable et distante racontant à nouveau ce qui s'était passé à l'étranger, dans les pays lointains.

Trop loin, se disaient les vieilles dames ; trop loin, ou bien trop tard ; c'est avant qu'il faudrait savoir. Il y en a trop ; c'est une fatigue.

Et ces enfants, qu'est-ce qu'ils criaient donc ? *Un vieillârd ! Un vieillârd !* Les voix aiguës montaient, montaient, essayaient de se faire graves pour mimer celles des hommes. *Perce le cœur !* criaient les petits garçons avec leurs voix aiguës, *un vieillâââârd !*

C'étaient leurs petits-fils qui criaient ces mots-là, leurs propres petits-fils, des barbares ! Ils les faisaient souffrir ; ils les assassinaient. Leur cœur était percé, leur cœur était fendu comme le paquet de viande mou que leurs filles avaient rapporté de la boucherie.

On ne peut pas imaginer ce qu'est le monde, se dirent alors les vieilles dames, on ne peut pas. On a beau vivre très longtemps, on a beau faire... on a eu beau souffrir ! Il n'y a jamais de limites.

Et elles restaient penchées vers la pelouse, leurs grosses mains sur l'appui de fenêtre, haletantes, lourdes, à respirer la nuit.

Les roses qui grimpaient sur le mur avaient été trempées par l'arrosage; une guirlande de moustiques entourait l'ampoule extérieure. On aurait dit que l'air tremblait. Dans la pièce, derrière elles, le réveil atteignait, seconde après seconde, une de ces graduations qui ne se voient presque pas, abordait un rivage insensible de l'heure.

Les petites filles effarouchées couraient à toute vitesse vers la lumière. (Maman, criaient les petites filles, maman, j'ai peur!) Leurs ombres grandissaient sur le mur, brusquement, comme des élastiques.

Une tache menue et pâle, presque invisible, correspondait au corps de Barbie oubliée dans l'allée, ce minuscule cadavre d'une fausse femme en robe de bal.

Ce cadavre d'un rêve.

14

Ce qu'est le monde, se disaient les vieilles dames, on ne le sait pas. On n'a pas assez de défense; on n'est pas de taille. Toujours le même été, son odeur d'herbe. On dirait que les arbres attendent, on dirait qu'ils nous gardent. Rien n'est pareil, et pourtant on dirait que rien ne change.

C'est incroyable ! Toujours ces choses si nettes, et la douleur qu'elles causent, si profonde et si vague.

Et qu'est-ce qu'on voit là-bas ? Mais c'est la lune !

Car la lune s'était épanouie au milieu du ciel. Elle était dense et pleine. Il semblait qu'au-delà d'un rond parfait elle cherchât à atteindre plus que le rond, qu'elle signifiât ainsi, blanche et gonflée, le comblement en nous de tout ce qui est creux, de tout ce qui nous manque. On aurait dit un grand vaisseau fantôme, l'immense fleur du bocage ténébreux du ciel. On aurait dit un grand visage souriant et pacifié. On devinait des traits semblables à ceux de l'homme. Ses contours tremblaient légèrement dans les masses gazeuses de l'atmosphère, dans une intense jubilation, une intense sérénité, laissant voir au cœur des ténèbres la pure radiance du monde.

Ceux qui la regardèrent en furent apaisés, ceux qui habitaient cette campagne, ceux qui avaient eu peur de vivre, ceux qui ne mourraient pas sans peur, même ceux qui n'étaient plus aimés. Il suffit parfois de si peu.

La lumière de l'astre s'était affirmée. Il semblait, tant elle était forte et claire, qu'elle remplaçait le jour perdu. Elle redonnait au paysage ses contours et ses formes ; elle irisait la surface des ruisseaux presque à sec ; ceux-ci réfléchissaient encore les entrelacs des branches au fond de leur transparence noire. Se recréait au fond des eaux une autre source de lumière, dans laquelle jouaient les libellules et les petits crapauds musculeux et trapus.

Ceux qui la regardaient sentirent monter en eux l'animisme des premiers âges, quand les hommes, dans leurs prières, s'unissaient à l'aveugle été :

— Pure déesse, lui dirent-ils, tourne vers nous dans le silence et dans la paix ton beau visage. Car la nuit est venue, nous avons besoin de te voir. Nous avons besoin de clarté.

Et des mots oubliés, issus de vieux savoirs intuitifs et informes, une fois de plus, très calmement, les irradièrent.

L'herbe arrosée brillait.

Sur la route, sur les parties de pelouses blanchies par l'astre, on voyait avec une extrême netteté les ombres des arbres et des toits, et plus loin les champs ras, où le dos blanc des animaux remuait un peu entre les arbres.

*Reproduit et achevé d'imprimer
par l'Imprimerie Floch
à Mayenne, le 22 juin 1998.
Dépôt légal : juin 1998.
Numéro d'imprimeur : 43994.*

ISBN 2-07-075300-X / Imprimé en France.

86349